KB171147

딩

문진영

딩

문진영

소설

PIN
046

차례

1부 고래   9

2부 모텔 카리브   41

3부 딩   74

4부 폭설   107

5부 누에게   131

발문   154

작가의 말   170

PIN
046

딩

문진영

1부

고래

시간이 멈춘 걸까, 이곳은.

맞이방 한가운데 커다란 구식 난로가 주전자를 데우고 있었다. 안에서 끓고 있는 게 무엇이든 간에 형언하기 힘든 냄새가 났다. 한약재 같기도 하고, 아주 오랫동안 끓인 육수 냄새 같기도 한. 그것은 난로에서 흘러나오는 열기의 안팎에 끈적하게 달라붙어 있었다.

지원은 매표창구 위에 붙어 있는 시간표를 올려다보았다. 서울에서 여기까지 세 시간 반, 이제 다시 버스를 갈아타고 30분 정도를 더 들어가야 한다. 지원이 타야 할 버스는 15분 뒤에 있었다. 도로 서울행 티켓을 끊고 싶은 충동이 밀려왔지만, 결국 3천 4백 원을 주고 K행 버스표를 구입했다. 표는 구겨질 듯 얇은 분홍색 종이였다. 출발 시각도, 좌석 번호도 쓰여 있지 않았다.

지원은 그것을 코트 주머니에 쑤셔 넣고, 한쪽 벽에 붙어 있는 커다란 관광지도를 들여다보았다. 빛바랜 지도 속 K마을은 유명 드라마 촬영지로 소개되어 있었다. 드라마를 촬영한 건 거의 20여 년 전의 일이었고, 주연을 맡았던 여배우는 활동을 그만둔 지 오래였다.

맞이방 안에는 제법 많은 사람이 있었다. 소란스럽지는 않아도 파장을 겹쳐가며 두런두런 들려오는 목소리들. 한 남자가 유리문을 열고 들어오며 누군가에게 알은체를 한다. 의자에 앉은 젊은 여자 둘이 휴대폰으로 셀카를 찍고 있다. 제법 커다란 배낭을 멘 지원은 누구에게나 여행자로 보일 것이다.

이것은 여행인가.

아니다. 밀린 숙제를 하러 온 것이다.

지원은 벽에 설치된 텔레비전에 멍하니 시선을

두었다. 짓궂은 장난을 모아놓은 해외 몰래카메라 영상이 음소거된 채로 흘러나오고 있었다. 도로변에 커다란 테이블이 하나 놓여 있고, 그 위에 종이 더미가 차곡차곡 쌓여 있다. 지원은 그것을 누군가의 원고라고 생각한다. 누군가가 평생에 걸쳐 기록한 것. 그때 그곳을 지키고 있던 사람이, 지나가는 이를 멈춰 세우고는 뭔가를 부탁하는 듯한 제스처를 취한다. 그리고 어딘가로 사라진다.

잠시 후 강풍기를 매단 커다란 트럭이 도로를 지나간다. 종이들이 속수무책으로 흩날린다. 누군가는 황망한 얼굴로 그 광경을 바라보고 있고, 누군가는 땅에 처박힌 원고를 절박하게 주워 모은다. 그리고 누군가는, 종이가 더 날아가지 않도록 온몸으로 테이블 위에 드러눕는다. 순간 뒤에서 낮은 웃음소리가 들려왔다. 지원은 가슴께에 짧은 통증을 느꼈다.

아버지에게서 전화가 걸려온 것은 퇴근 무렵이었다. 지원은 휴대폰의 진동을 멎게 하고 화면 속에 떠올라 있는 세 글자를 멍하니 바라보았다. 곧

화면에 부재중 알림창이 뜨자 지원은 안도하고 다시 원고를 들여다보았다. 하지만 이내 다시 진동이 울리기 시작했다. 지원은 휴대폰을 들고 고요한 사무실을 빠져나왔다.

지원아.

수화기 너머에서 아버지는 지원의 이름을 불렀다. 그러곤 한참 동안 색, 색, 하는 숨소리만을 들려주었다. 숨소리에서 소주 냄새가 나는 것 같았다. 지원은 무슨 할 얘기가 있으시냐고 물었고, 아버지는 아니라고 대답했다. 색, 색. 아버지는 별일이 없느냐고 물었고, 지원은 별일 없다고 대답했다. 색, 색.

언제 한번 오지 않겠느냐는 아버지의 말에 곧들르겠다고 대답한 지원은 먼저 전화를 끊었다. 그런 이상한 통화가, 반년에 한 번 정도 있었고 그때마다 지원은 아, 아버지가 있었지, 살아 있었지, 하고 새삼 깨닫곤 했다. 아버지의 얼굴이 좀처럼 기억나지 않았다. 애써 기억해보려고 하면 얼굴이 있어야 할 자리에 검은 구멍 하나가 떠올랐다.

고향이 바닷가라고 하지 않았어요? 아버지가

어부라고 하지 않았어요? 사람들은 생선을 먹지 않는 지원에게 농담처럼 그렇게 묻곤 했다. 지원이 아주 어렸을 때부터, 밥상에 구운 생선이 올라오면 아버지는 늘 눈알부터 먹었다. 하얗고 불투명한 그것을, 아주 기쁘다는 듯이 빼 먹었다. 눈알이 사라진 자리에 남은 텅 빈 구멍. 그것이 아버지의 얼굴이 되었다.

아버지는 대장암으로 투병 중이었다고, 수화기 너머에서 작은아버지는 말했다. 아무에게도 그 사실을 알리지 않았고, 전혀 아픈 티를 내지 않아 몰랐다고. 매주 일요일 교회에서 만날 때마다 살이 빠져 있다 싶어 왜 이렇게 마르냐 물으면, 아버지는 그냥 허허 웃으며 입맛이 영 없다고 대답했다는 것이다. 그때 알아챘어야 했는데. 작은아버지가 덧붙였다. 잠깐의 침묵 후에 아, 그래요, 하고 지원이 대꾸하자 작은아버지는 떨리는 목소리로 너는 어쩌면, 너는 어떻게, 하고 말했다.

언젠가 설에, 그러니까 아주 오래전에, 아이스크림을 걸고 윷놀이를 한 적이 있었다. 작은아버

지와 지원보다 두 살 어렸던 그의 아들, 그렇게 둘
이 한 팀이었고 지원의 아버지와 지원이 한 팀이
었다. 소리를 지르고 많이 웃었다고 기억한다. 어
떻게 그렇게까지 웃을 수 있었을까. 그날 윷놀이
의 승자는 지원의 팀이었는데, 몇 시간 뒤 작은아
버지 가족은 아무 일도 없었다는 듯 그냥 떠나버
렸다. 지원은 오후 내내 작은아빠는 어쩌면, 어떻
게, 하며 분해했었다. 그랬던 것이, 전화를 끊는 순
간 문득 떠올랐다.

*

끈적한 여름이었다.

장례식장에 도착했을 때는 이미 빈소가 꾸려져
있었고, 모르는 사람들로 그득해서 거의 활기찰 정
도였다. 지원은 흩어져 있는 수십 켤레의 신발들을
내려다보며 입구에 붙박인 듯 서 있었다. 한참 만
에 작은어머니가 지원을 발견해 어딘가로 데려갔
고, 정신을 차려보니 검은 상복을 입고 있었다.

영정사진 속 늙은 남자는 희미하게 웃고 있었다. 교회에서 1년에 한 번 동네 노인들을 대상으로 영정사진을 찍어주는 행사를 하는데, 그때 찍어둔 것이라고 했다. 지원은 사진 속 얼굴이 낯설었다. 지원이 알고 있는 구멍에 들어맞지 않았다. 아버지가 언제부터 교회에 다니기 시작했는지 지원은 알지 못했다. 교회 장로인 작은아버지가 장례 절차를 도맡아 진행했고, 조문객 대부분이 교인들이어서 지원은 그저 빈소에 앉아 자리만 지키면 되었다.

그날 저녁 작은아버지는 제초기를 빌려달라는 아버지의 전화를 받았다고 한다. 아버지는 뒷마당을 텃밭으로 만들 예정이라고 했고, 무엇을 심을 거냐는 물음에는 잠시 머뭇거리더니 모르겠다고 대답했다. 다음 날 아침 일찍, 마침 집에 와 있던 조카가 아버지를 대신해 제초기를 차에 싣고 큰아버지 집으로 갔다. 지원의 아버지는 옷을 차려입고 이불을 덮은 채 안방에 반듯하게 누워 있었다고, 조카가 지원에게 말해주었다. 윷을 던지며 깔깔대던 다섯 살 꼬마는 이제 머리를 솜씨 좋게 빗어 넘긴 잘생긴 청년이 되어 있었다.

빈소에 사람들이 모여들기 시작했다. 예배를 드린다고 했다. 찬송가를 부르기 시작할 때쯤 지원은 살며시 밖으로 빠져나가려 했다. 그러자 옆에 앉아 있던 작은어머니가 가지고 있던 성경책을 지원 앞에 펼쳐놓았다. 기도와 설교가 이어지는 동안 지원은 벽에 등을 기대고 앉아 생각했다. 손에 쥐기도 전에 녹아버린 아이스크림에 관해. 뭔가가 싹을 틔워보기도 전에 사라져버린 텃밭에 관해.

장례를 마치고 아버지의 집에 도착한 지원은 제일 먼저 오래전 자신이 쓰던 방의 문을 열어보았다. 떠날 때 모습 그대로였다. 옷장을 열어보았다. 빈 옷걸이들만 걸려 있었다. 책상 서랍들도 하나씩 열어보았다. 추억에 잠길 만한 것은 아무것도 없었다. 당연했다. 지원은 고등학교에 입학하기 전, 다시는 이곳에 돌아오지 않겠다는 생각으로 서랍을 전부 비웠다. 친구들과 주고받은 쪽지와 편지들, 앨범, 일기장 등을 모두 그러모아 뒷마당으로 가서 불태웠다. 굳이 그렇게까지 할 필요는 없었지만, 그땐 그게 필요했다.

엄마에 관해서라면 지원은 단 한 가지 장면만을 기억하고 있었다. 뒷마당에서 어른들이 엄마의 유품을 모아놓고 불태우던 장면. 여섯 살 무렵이었고, 지원은 불똥이 튈까 염려하는 누군가의 제지를 받으며 약간 떨어진 곳에서 그 모습을 바라보고 있었다. 마당을 가득 채우던 진회색 연기와 타는 것이 내뿜는 왠지 모르게 매혹적인 냄새. 그것이 지원이 처음으로 감각한 죽음이었다. 유품을 태운 자리는 검은 구멍 같은 모양으로 꽤 오랫동안 남아 있었다. 자주 그 구멍에 빠지는 꿈을 꾸면서 키가 자랐다.

지원은 침대에 엎드려 이불에 얼굴을 묻었다. 먼지 냄새가 났다. 잠깐 졸았다고 생각했는데 눈을 뜨니 이미 해가 지고 있었다. 목이 말라 냉장고 문을 열었다. 하지만 물은 없었고 커다란 플라스틱 김치통과 정체를 알 수 없는 장아찌가 담긴 병들이 여러 개 있었다. 그중 하나의 뚜껑을 열어보니 표면에 옅게 곰팡이가 슬어 있었다. 잠시 망설이던 지원은 병뚜껑을 도로 닫았다. 아버지가 반쯤 마시다 넣어둔 소주병이 보였다. 병을 입에 대고 한 모금 삼키고는 그것도 다시 냉장고 안에 넣고 문을 닫았다.

안방 문을 열어보았다. 방은 아무 일도 없었다는 듯이 무심했고 깨끗했지만 퀴퀴한 냄새가 나서 지원은 창문을 활짝 열었다. 잡초가 무성한 뒷마당이 눈에 들어왔다. 안방 창문에서 뒷마당이 보인다는 걸 새삼 깨달았다. 어머니의 유품을 태운 자리는 이제 이름 모를 풀로 뒤덮여 정확한 위치를 가늠하기 어려웠다. 아버지는 창문을 열 때마다 뒷마당과 눈이 마주쳤을 테고, 결국엔 뭔가를 심고 싶다고 생각하게 되었을지도.

지원은 거실로 나와 소파에 한참 동안 멍하니 앉아 있다가, 막차를 타고 도망치듯 서울로 돌아왔다. 뭘 해야 할지 모른 채로. 알고 싶지 않은 채로. 휴가가 하루 남아 있었지만 그냥 출근했다.

지원은 인문서를 내는 출판사에서 편집자로 일했다. 대학을 졸업하고 바로 취직해, 다른 직업은 가져본 일이 없었다. 지원은 교정보는 일이 좋았다. 저자를 관리하고 팀원들을 챙기고 보도자료를 쓰는 일 같은 건 마지못해서 했다. 자리에 꼼짝 않고 앉아서 원고를 들여다보고 있으면, 깊은 물 속에 잠겨 있는 것처럼 주변 소리가 서서히 뭉뚱그려지고 멀어졌다. 그 느낌이 좋았다. 퇴근해서도 원고를 손에서 놓지 않았다. 고요하게 고여 있는 삶을 흩뜨리는 일은 무엇이건 하고 싶지 않았다.

가끔 아버지에게서 전화가 오면 가라앉아 있던 앙금이 휘저어지는 기분이 되었다. 이제 아버지는 없고, 이따금 작은아버지가 지원에게 전화를 걸어 아버지 집을 팔든지 세를 놓든지 하라고 했다. 그렇게 오랫동안 빈집으로 내버려두면 안 되는 거라고. 장례 후에 들러보니 냉장고도 비우지 않고, 플러그 하나 뽑지 않고 갔더라고. 너는 어떻게 그렇게 가버리니. 너는 어떻게. 작은아버지는 또다시 그렇게 말했다.

그러고는 가끔 자신이 그 집에 들러 고지서를 가져다가 밀린 공과금을 냈다며 금액의 합을 계좌 번호와 함께 알려주더니, 결제를 자동이체로 바꾸라고 말했다. 지원이 전기와 수도를 다 끊을까 싶다고 하자 그렇게 되면 그 집은 완전히 못 쓰게 되는 거라고 작은아버지가 말했다.

그러면 안 되나. 집이건 사람이건, 그냥 가만히 허물어져가도록 내버려두면 안 되나. 지원은 생각했다. 서울 한복판에도 간혹 빈집이 있었다. 창문이 있어야 할 자리에 들어차 있는 검은 구멍들을 지원은 보았다. 다른 건물들이 헐리고 다시 세워지는 동안, 경쟁하듯 높아지고 화려해지는 동안 조금씩 내려앉고 말라가는 집들을.

내가 대신 부동산에 말해주랴?

작은아버지가 물었고 제가 할게요, 하고 지원은 대답했다. 매매니 전세니, 보증금이 얼마니 작은아버지와 통화할 일을 생각하니 숨이 답답했다.

아버지가 지원 앞으로 남긴 통장에는 몇 년 치월급에 해당하는 액수가 들어 있었다. 아버지의 배, 금성호를 판 돈이었다. 그리고 집. 선택의 여지 없이 16년간 발이 묶여 있었던 곳. 거기서 빠져나오기 위해 애써온 시간이 무색하게, 그 집은 다시지원의 발목을 붙잡고 있었다. 집이 아니라 배를 남겨주었다면 그 배를 탈 수도 있었을 거라고, 지원은 부질없는 생각을 했다.

문득 그 집만 처리하면 K마을과 완전히 끊어질 수 있을 거라는 생각이 들었다. 비어 있던 집을 청소하고, 가구와 잡동사니 들을 처분하고, 부동산에 내놓을 것이다. 집이 팔리든 팔리지 않든 그것으로 일단은 끝이다. 이 일을 위해 지원은 사흘간의 연차를 냈다. 아버지 장례 때를 제외하고는 가장 길게 잡은 휴가였다.

*

버스에 올라탄 지원은 앞에서 두 번째 자리에 앉았다. 뒤이어 한 아주머니가 커다란 분홍색 보따리를 들고 올라탔고 잠시 후 검은 비닐봉지를 든 할아버지가 짙은 소주 냄새를 풍기며 지원을 지나쳐 바로 뒷자리에 앉았다. 그렇게 세 사람뿐이었다. 손에 들고 있던 구겨진 승차권은 기사가 낚아채듯 가져가버렸고, 버스는 예고도 없이 출발했다.

눈이 왔었는지 창문이 더러웠다. 차창 밖 풍경도 덩달아 더러웠다. 더럽다, 고 생각하자마자 그것은 '더럽다'라는 검은 글자로 변했다. 지원의 머릿속에서는 늘 그런 일이 일어났다. 차창 밖의 황량한 풍경은 '겨울'이라는 모양의 글자로 단단해졌고, 라디오에서 흘러나오는 노래 가사는 마치 타자기를 두드리는 것처럼 빠르게 활자로 고정되었다. 지원은 아주 조용하거나 아주 시끄러운 것만을 견딜 수 있었다. 하나로 뭉개져서 개별의 소리를 구별해낼 수 없을 때는 오히려 머릿속이 평화로웠다.

창밖으로 갈매기의 날개를 본뜬 것 같은 가로등이 눈에 띄었다. 늦가을 풍어제의 플래카드가 빛바랜 채로 걸려 있었다. 버스는 개천을 가로지르는 조그만 다리를 건너갔다. 개천은 바다로 이어진다. 곧 해변이 나오고, 항구가 나올 것이다. 수백 번도 더 걸었던 길.

초등학교 4학년 때부터 지원은 새로 단짝이 된 주미와 함께 매일 그 길을 걸었다. 지원의 집과 주미의 집은 몇십 미터도 안 되는 사이를 두고 떨어져 있었다. 그렇다는 걸 처음 알았을 때, 어린 지원은 지난 10년 동안 두 사람이 서로를 전혀 몰랐었다는 사실이 신비롭다고 생각했었다.

이런저런 기억들이 서서히 흔들리며 돌아왔다. 한번은 이맘때쯤에, 얼어붙은 길 위를 나란히 걷는데 주미가 딸꾹질을 했다. 지원이 딴에는 놀래어서 멈추게 한답시고 세게 밀쳤는데 그 애가 엉덩방아를 찧고 엉엉 울기 시작했다. 아무리 사과해도 울음을 그치지 않아서 어쩔 줄 몰라 했던 기억. 그런 일도 있었다. 하지만 지원에게 무엇보다 강렬하게 남아 있는 기억 하나는, 바로 주미네 부모님이 하던 호프집에 들어가본 일이다. 주미네는 모텔과 호프집을 운영했다. 만취한 사람들과 빈방. 서로 잘 어울리는 사업이다.

주미네 모텔에는 자주 놀러 갔었지만 호프집은 금기의 영역 같은 곳이었다. 하지만 그날은 어째서인지 주미를 따라 지원도 들어가볼 수 있었다. 한낮이었는데도 그 안은 어두컴컴했다. 바닥에는 붉은 카펫 같은 것이 깔려 있었고 거기서부터 오래 묵은 담뱃진 냄새가 흘러나오고 있었다. 테이블 사이에는 높은 칸막이가 있었는데, 각 칸의 벽마다 굉장히 야한 포스터가 걸려 있었다. 그런 것은 태어나서 처음 보았다고 말해도 좋다.

호프집이 바쁜 날에는 주미가 모텔 카운터를 지켜야 했다. 세 평 남짓한 카운터 안쪽 방에선 주미와 주미의 남동생이 내복만 입고 굴러다녔다. 지원도 종종 그곳에서 시간을 보냈다. 주로 바닥에 엎드려 텔레비전을 봤는데, 겨울이면 방바닥이 무척 따끈했던 기억이 난다. 거의 뜨거울 정도였다. 그러다 땡, 하고 종소리가 울리면 주미가 벌떡 일어나서 뛰어나갔다. 귀찮아하는 법도 없었다.

사실 지원은 자신의 집보다 거기에 가 있는 걸 더 좋아했다. 집은 너무나도 조용했다. 지원은 아버지를 어떻게 대해야 할지, 어떤 대화를 하고 어떤 표정을 지어야 할지 도통 알 수 없었다. 그 무렵 할머니가 돌아가셨다. 지원이 엄마의 부재를 크게 느끼지 않았던 것은 전적으로 할머니 덕분이었다. 할머니는 조그맣고 분주하고 따뜻한 사람이었다. 할머니가 나이 든 몸으로 삼시 세끼 밥상을 차리고 아들과 손녀딸을 한데 불러 모았다. 그런 것을 당연하게 생각했다. 지원도, 지원의 아버지도 말이 많거나 잘 웃는 성정이 아니었지만, 할머니 덕분에 그나마 대화가 돌고 가끔 웃기도 하고 그랬다. 할머니가 돌아가시고 나자, 아버지와 지원 사이를 고정할 만한 것은 아무것도 없었다. 두 사람은 각각 얼레에서 끊어진 연처럼 떠다녔다.

아버지는 계절에 따라, 날씨에 따라 온종일 바다에 나가 있기도 했고 온종일 집에만 있기도 했다. 집에 있을 때는 홀로 소주잔을 기울이며 텔레비전을 봤다. 지원도 지원대로 밖으로 나돌았다. 어쩌다 마주치면 밥은 드셨어요? 밥은 먹었냐? 서로 그것만 집요하게 물어봤다. 실제로 각자가 뭘 먹고 뭘 하고 지내는지에 대해서는 아는 바가 전혀 없었다.

그래서인지 지원은 주미네의 수선스러움이 좋았다. 주미의 남동생은 막무가내로 입을 쩍쩍 벌리는 벌거숭이 아기새 같았다. 주미는 의젓하고 능숙하게 동생을 돌봤다. 엄하게 혼내기도 하고 다정하게 어르기도 했다. 지원은 마치 뻐꾸기 새끼처럼, 커다란 덩치로 그 틈에 끼어 있었다. 그때

주미가 지원에게 준 것은 그런 종류의 안온함이
었다.

그날 주미도 빈소에 다녀갔다. 자신의 어머니가
지원의 아버지와 같은 교회에 다니고 있어서 소
식을 들었다고 했다. 까무잡잡한 피부와 새까맣고
숱이 많은 머리카락, 약간 무너진 어깨와 팔자걸
음까지도 여전했다. 주미는 지원에게 명함을 건네
며, 다음에 K마을에 오게 되면 꼭 연락하라고 말
했다. 그러고는 활짝 웃었다.

상복에는 주머니도 없는데 명함을 건네다니. 상
주를 마주 보고 그렇게 환하게 웃다니. 주미는 원
래 좀 그랬다. 눈치가 없고 착했다. 그런데 꼭 연락
하라던 말은 진심이었을까. 지원은 생각했다.

버스에서 내리자 당장이라도 눈이 쏟아질 것처
럼 하늘은 구름으로 가득했다. 해변에도, 거리에
도 사람은 하나도 보이지 않았다. 검푸른 파도만
이 정지해 있는 듯한 풍경 한구석을 규칙적으로
무너뜨리고 있었다. 횟집이 많던 거리였는데, 걷
는 동안 폭격을 맞은 듯 군데군데 부서진 가게와

집들이 보였다. 바리케이드도 없이 건물 잔해가 도로로 밀물처럼 흘러나와 있었다.

아버지의 집으로 가려면 그쯤에서 길을 건너 골목 안으로 들어가야 했지만 지원은 계속해서 걸었다. 멀리 해변에 웨트슈트를 입은 사람들이 모여 있는 게 보였다. 커다란 주황색 서핑보드를 하나씩 들고 있었다. 머리까지 덮는 새까만 잠수복을 입은 네 사람은 마치 범고래들처럼 보였다. 직접 서퍼들을 보는 것은 처음이었다. 파도를 타는 모습을 보면 좋겠다고 지원은 생각했다. 언젠가 텔레비전 화면에서 보았던 것처럼, 제 몸집의 몇 배나 되는 거대한 파도 위를 겁 없이 미끄러지는 모습을 보고 싶다고. 하지만 그들은 모래 위에 보드를 내려놓더니, 그 위에서 엎드렸다 일어서기만을 반복했다.

그들 쪽으로 천천히 다가가자, 도로 건너편에 문을 연 카페가 하나 보였다. 검은 배경의 간판에는 분홍색 꽃들이 그려져 있고 흰색 흘림체로 'ALOHA'라고 쓰여 있었다. 한겨울의 바닷가에서 그곳만 홀로 봄 같았다. 갑자기 따뜻한 것이 마시

고 싶어졌다. 지원은 길을 건너 카페 안으로 들어
갔다.

어서 오세요.

창가 테이블에 앉아 있던 여자가 자리에서 일어
서며 말했다. 여자는 갈색 앞치마를 두르고 있었
다. 다른 손님은 없었다. 커다란 야자수 그림이 그
려진 파란색 서핑보드 하나가 구석에 세워져 있었
고, 훌라춤을 출 때 목에 거는 것 같은 화환이 벽
여기저기에 걸려 있었다. 한쪽에서는 벽난로가 타
고 있어서 마치 여름과 겨울이 한곳에 모여 있는
듯했다.

지원은 유자차 한 잔을 주문했다. 그러고는 잠
시 망설이다가, 아까 여자가 앉아 있던 자리에 가
서 앉았다. 의자에 여자의 체온이 남아 있었다. 지
원은 창밖으로 서퍼들을 구경했다. 엎드렸다 일어
서기를 반복하던 사람들은 이제 보드 위에 배를
깔고 손을 휘저으며 바다로 나아가고 있었다. 그
리고 간신히 몸을 세웠다가는, 몇 초도 되지 않아
다시 물속으로 고꾸라졌다. 저게 재미있나. 그저
물에 빠질 뿐인데. 지원은 생각했다.

창밖의 분홍이 점차 짙어지고 있었다. 잠시 후 여자가 쟁반을 들고 다가와 지원이 주문한 유자차를 내려놓고는 말했다.

눈이 또 오려나 봐요.

그렇군요.

지원은 고개를 끄덕였다. 큰 눈이 오기 전의 하늘은 지원도 잘 알고 있었다. 구름과 하늘이 한 덩어리가 되어버린다. 그러다 눈이 내리기 시작하면, 수평선도 지평선도 점차 희미해지다가 결국에는 사라진다. 그런 풍경 속에 서 있으면, 자신도 그대로 섞여 지워질 것 같은 느낌이 든다. 그 느낌이 문득 그리워졌다.

한 일주일 전쯤에 눈이 엄청나게 왔었어요.

여자가 말했다. 속삭이듯 조곤조곤한 말투였는데 억양이 독특했다. 눈이 무릎께까지 쌓여서 출근을 못 했다며, 그런 눈은 태어나서 처음 보았다고 묻지도 않은 이야기를 했다. 하지만 그런 건 지원에게는 그리 놀라운 일이 아니었다. 언젠가 회사 동료 중 하나가, 겨울에 눈이 잔뜩 내려서 학교에 못 가게 되는 게 유년기의 로망이었다고 말한 적이 있다. 그때 지원은 자신은 폭설 때문에 학교에 가지 못한 적이 여러 번 있다고, 더 외진 곳에 사는 친구들은 수일간 등교는커녕 헬기로 라면 같은 보급품을 받아 버텨야 했다고 이야기해주었다. 그러자 사람들은 신기해하며 웃었다. 그들을 따라 웃으면서도 지원은 마치 자신이 설국에서 온 이방인처럼 느껴졌다.

아까 그 서퍼들이 돌아오는 게 보였다. 여자 하나에 남자가 셋이었다. 그들은 왁자지껄하게 카페 옆 컨테이너로 들어가더니, 곧 옷을 갈아입고 추워, 추워, 하면서 카페 안으로 들어왔다. 서퍼들이 맥주를 주문하는 소리가 들렸다.

*

지원과 주미는 나란히 걸어서 학교를 오가는 동안 해변이 누더기처럼 변해가는 모습을 지켜보았다. 변화에 반대하는 주민은 단 한 명도 없는 것 같았다. 초등학생이었던 지원조차 동네 안을 가득 채우고 있던 묘한 활기와 사카린 같은 기대감을 느낄 수가 있었다.

횟집과 모텔이 우후죽순 들어섰다. 하굣길에 들러 아이스크림을 사 먹곤 했던 구멍가게는 편의점이 되었고 모든 상품의 가격이 훌쩍 뛰었다. 늦은 봄부터 피서객이 쏟아져 들어왔다. 처음 몇 해는 축제 같았다. 그러나 밤하늘을 수놓던 형형색색 불꽃들은 날이 밝자 형형색색 쓰레기 더미로 드러났다. 천진한 얼굴로 슬리퍼를 끌며 동네를 활보하던 외지인들은 날이 어두워지면 술에 취해 가게 유리창을 부수고 서로 주먹질을 해댔다.

지원이 중학교에 입학하고 얼마 지나지 않아, 시에서 항구 근처에 활어회센터를 짓기로 결정하면서 마을은 또 한 차례 홍역을 앓았다. 시장 횟집 상인들과 센터 입점 상인들 간의 갈등으로 마을이 두 편으로 갈라졌던 것이다. 교실 안도 마찬가지였다. 부모의 입장에 따라 아이들의 우정도 지형이 변했다. 주미네 엄마는 외지인을 더 많이 불러들일 수 있다면 활어회센터든 무엇이든 대찬성이었고, 지원의 아버지는 어느 편도 아니었다. 아버

지 나름의 입장이 있었을지도 모르지만 지원으로
서는 알지 못했다. 하지만 지원과 주미가 멀어진
건 그런 이유 때문은 아니었다.

어느 날 아침, 주미와 함께 학교를 향해 걷고 있
을 때, 항구 쪽에 사람들이 잔뜩 모여 북적거리고
있는 게 보였다. 지역 방송국과 신문사의 차량 들
이 서 있었다. 뭔가 재미있는 일이 벌어졌나 싶어
지원과 주미는 그쪽으로 가까이 다가갔다. 그때
사람들 머리 위로 불쑥 솟아 있는 거대한 기둥 같
은 게 보였다.

고래였다. 그것은 크레인에 거꾸로 매달린 채
피를 흘리고 있었다.

우와, 저기 봐! 너희 아버지야!

주미가 소리쳤다. 아버지는 고래 곁에서 이를
드러낸 채 활짝 웃고 있었다. 사람들이 말했다. 지
원의 아버지가 사지도 않은 복권에 당첨된 거라
고. 밤새 쳐둔 그물에 죽은 고래가 걸린 것이다.
4.8미터짜리 밍크고래. 고래는 아버지의 배보다
도 훨씬 커서, 근처에 있던 더 큰 배를 호출해 싣고
돌아왔다고 했다. 카메라 플래시가 연신 터졌고,

아버지는 고래의 주검을 껴안고 사진을 찍었다.

순간, 아버지의 위장 속에 개구리 알처럼 다닥다닥 슬어 있는 수천 개의 눈알이 지원을 향해 동시에 눈을 뜨는 것 같았다. 지원은 메스꺼움을 느꼈다. 부둣가에 엎드려 아침에 먹은 시리얼을 다 게워냈다.

야, 너 괜찮아?

주미가 지원의 등을 두드려주었다. 괜찮지 않았다. 온종일 멀미가 가시지 않았고 다음 날에도 마찬가지였다. 그때부터였다. 지원이 집을 떠날 생각에 골몰하게 된 것이. 버려진 생선 머리와 내장으로 가득한 동네에 계속 머물러야 할 이유를 찾지 못했다. 이곳을 떠나야만 이 메스꺼움이 멈출 것 같았다.

지원은 달력을 펼쳐 중학교를 졸업하는 날짜에 동그라미를 쳤다. 내륙에 기숙사가 있는 고등학교가 있었다. 거기 입학하려면 성적을 조금만 더 올리면 되었다. 마침표가 생기니 견딜 만했다. 상자 하나에 꼭 가져야 할 물건들만을 조금씩 챙겨서 침대 밑에 보관했다. 서바이벌 키트 같은 것이었다. 나머지는 버리거나 학교 친구들에게 주었다. 그래도 남은 것들은 떠나기 전에 전부 불태웠다.

주미네 집에 더이상 놀러 가지 않았다. 등하교를 함께 하지도 않았다. 이따금 학교에서 마주치면 주미는 의문과 서운함이 담긴 눈빛으로 지원을 한참 바라보곤 했으나, 그뿐이었다. 주미는 아무것도 묻지 않았고 화를 내지도 않았다. 지원도 주미에게 이야기하고 싶은 마음이 간절했다. 수백 조각으로 나뉘어 흩어졌을 고래의 몸. 뿌옇게 빛을 잃은 커다란 눈동자. 그런 것이 자꾸만 떠오른다고. 하지만 용기가 없었다. 구구절절 이야기해도 주미는 이해하지 못할 것이다. 그 누구도 이해하지 못할 것이다.

고등학교에 진학한 뒤로는 서울에 있는 대학에 가기 위해 애썼다. 더 멀리, 더 멀리. 방학 때는 공부를 핑계로 집에 가지 않는데 실은 패스트푸드점에서 아르바이트를 했다. 아버지가 매달 적지 않은 액수의 용돈을 보내주었지만 가능한 한 쓰지 않고 모았다. 지원이 결코 집으로 돌아가지 않을 거라는 건 아버지도 예상했을 것이다. 지원의 방

옷장 문이나 서랍을 열어보았다면 금세 알 수 있었을 것이다.

아버지를 미워하느라 힘든가요?

상담사의 물음에 지원은 고개를 저었다.

미워하지 않아요.

그럼 어떤 감정인가요?

예전에는 혐오에 가까웠다고 생각해요. 지금은 아무 감정도 없어요. 아무것도…….

지원은 자신의 말을 정정했다.

아니, 죄책감이 들어요. 죄책감이에요.

왜 죄책감이 드나요?

상담사가 물었다. 지원은 자신의 손등을 내려다보면서 중얼거리듯 대답했다.

아버지가 나한테 잘못한 건 없잖아요. 잘못한 게 없으니 용서할 수도 없는데, 용서가 안 돼요. 그게 미안해요. 미안하고 죄책감이 들어요.

생선 눈알을 빼 먹는다는 이유로, 본인이 원한 것도 아닌 고래를 잡았다는 이유로, 고작 그런 이유로 유일한 가족인 아버지를 그렇게 평생 혼자,

혼자서 외롭도록 내버려두었다는 게. 지원은 혼잣말하듯 중얼거렸다. 상담사는 잠시 생각에 잠기더니 말했다.

그치만, 지원 씨도 외로웠잖아요.

순간 몸속 어딘가가 불붙은 것처럼 뜨거워졌다.

'고작 그런 이유'라고 하지 않아도 돼요.

상담사가 말했다. 지원의 손등 위로 무언가 따뜻한 것이 한 방울 뚝 떨어졌고, 지원은 그것을 보았다. 손등에 얹혀 있는 작은 물방울을, 아주 낯선 것을 보듯 바라보았다.

*

카페에서 나온 지원은 다시 걷기 시작했다. 멀리 하얀 등대와 빨간 등대가 보였다. 숙박업소들이 모여 있는 구역이었다. 주미네 모텔이 여기 어디쯤이었지, 생각하고 있는데 이내 '카리브 호텔'의 간판이 눈에 들어왔다. 모텔이 어느새 호텔이 되어 있었다. 이름만 바뀌었지, 겉모습은 하나도

변한 게 없었다. 카운터 안을 들여다보면 어린 주미가 해사한 얼굴로 앉아 있을 것만 같았다.

호텔 앞에 허름한 포장마차 하나가 서 있었다. 여기 포장마차가 있었나. 그러고 보니 중학교에 입학할 때쯤 주미 아버지의 친구가 그곳에서 포장마차 영업을 하게 되었다는 얘기를 주미로부터 들었던 것 같다. 주미와 멀어지기 시작하면서부터 일부러 그 길을 피해 다녔고 그래서인지 기억이 희미했다. 가까이 다가가 보니 외벽에 빨간 글씨로 '도루묵, 양미리, 조개구이, 문어'라고 쓰여 있는 플래카드가 붙어 있었고 바퀴가 세 개인 오토바이가 한 대 세워져 있었다. 파란색 수조 안에 해삼이나 멍게 따위가 잔뜩 꼬물거리고 있었다.

아직 문을 열지 않은 듯했다. 천막 중간에 투명한 부분이 있어 그리로 안을 들여다보니 플라스틱 테이블 대여섯 개와 커다란 석유 난로가 놓여 있는 게 보였다. 천막을 지탱하는 기둥마다 크리스마스 전구가 감겨 있었다. 순간 지원은 주미에게 전화를 해볼까, 생각했다. 포장마차 안에서 주미와 마주 보고 앉아 소주를 마시는 장면을 잠시 떠올렸다. 전구가 반짝반짝 빛나고 난로에서는 온기가 뿜어져 나온다. 하지만 곧 차가운 바닷바람이 불어와 성냥팔이 소녀의 환상처럼 그 장면을 지워버렸다. 그때 안에서 인기척이 들려 지원은 자신도 모르게 재빨리 자리를 떴다.

포장마차에서 왼쪽은 항구로 이어지는 길이었고, 오른쪽은 등대로 가는 길이었다. 항구 쪽으로는 가지 않을 것이다. 항구를 떠올리자 또다시 옅은 멀미가 일었다. 지원은 터벅터벅 방파제를 따라 걸었다. 파도 소리를 제외하고는 조용했다. 파도 소리는 어떤 활자로도 적히지 않았다.

하얀 등대 밑에 다다랐을 때, 지원은 느닷없이 마음이 환해졌다. 등대 층계참에 작은 귤 하나가 놓여 있었다. 지원은 귤을 집어 들었다. 손안에 쏙 들어왔고 차가웠다. 누가 여기에 귤을 두고 간 걸까. 지원은 층계참에 걸터앉아 귤을 만지작거렸다. 그러고 있자니 잊고 있었던 기억 하나가 떠올랐다.

아홉 살의 가을, 지원은 일주일이 넘게 수두를

앓느라 학교에도 못 가고 좀이 쑤셔 하고 있었다. 할 수 있는 게 가려움을 견디는 것뿐이라 밤낮을 가리지 않고 잤다. 하루는 한밤중에 잠이 깨어, 거실의 어둠 속에서 할머니가 빌려다준 만화영화 비디오를 보고 있는데 아버지가 부스럭거리며 나타났다.

심심하냐?

아버지가 물었다. 지원은 허연 약이 덕지덕지 발린 얼굴로 고개를 끄덕였다. 두툼한 옷을 챙겨 입으라는 아버지의 말을 듣고 지원은 방으로 가서 겨울 점퍼를 찾아 걸쳤다. 두 사람은 집을 나섰다. 아버지는 검은 비닐봉지를 흔들며 지원보다 열두 걸음쯤 앞서 걸었다. 지원은 그때 봉지 안에 든 것이 소주인 줄만 알았다.

아버지가 내민 손을 붙잡고 금성호에 올라탔다. 지원이 자리를 잡고 앉자 아버지는 지원에게 들고 있던 봉지를 건넸다. 귤이었다. 지원이 귤을 까 먹는 동안 배는 점점 더 멀리 나아갔다.

귤 하나를 손에 쥐었을 뿐인데 그 모든 게 어제 일처럼 선명하게 떠올랐다. 수평선 위로 밝게 빛

나던 오징어 배의 집어등. 파도의 출렁거림. 점퍼
속을 파고들던 차가운 바람. 아주 천천히 밝아지
던 하늘과 까치집 머리를 하고 키를 잡고 선 아버
지의 뒷모습까지.

　지원은 지갑에서 주미의 명함을 꺼냈다. 열한
자리 숫자를 휴대폰에 천천히 입력했다.

2부

모텔 카리브

여기서······ 사람이 죽었죠?

오후의 나른함을 견디며 카운터에 앉아 있던 주미에게 여자는 다짜고짜 그렇게 물었다. 순간 주미의 머릿속에 그날의 장면이 떠올랐다. 잊기 어려울 거라고 생각했지만 사실 잊고 지냈다. 잠들기 전 어둠 속에서 눈을 감을 때, 청소를 위해 열던 객실 문의 차가운 손잡이를 잡을 때, 지나치게 눈부신 햇살과 맞닥뜨릴 때. 그럴 때 그 장면은 아주 잠시 떠올랐다가 비눗방울 터지듯이 사라지곤 했다.

주미는 여자의 물음에 뭐라고 대꾸해야 할지 알

수 없었다. 여자를 올려다보았다. 머리카락은 검었으나 한국 사람치고는 이목구비가 짙고 말투도 조금 어색했다. 안색이 파리했고, 무표정했으나 아무런 표정도 짓지 않기 위해 노력하고 있다는 느낌이 들었다. 주미는 조금 머뭇거리다가 그렇다, 고 대답했다. 주미는 여자가 왜 그런 것을 묻는지 궁금했지만 가만히 여자의 다음 말을 기다렸다.

그 방이 어딘지……. 그 방에 묵고 싶은데요.

여자는 조금 떨리는 목소리로 나지막하게 말했다. 세상에는 별의별 사람이 다 있다는 걸 그동안 사람 상대하는 일을 해오면서 이미 깨닫고 또 깨달은 주미지만 이런 요구를 하는 사람이 있을 거라고는 생각해보지 못했다.

작년 가을, 젊은 남자 하나가 주미네 모텔에서 목을 매달았다는 소식은 마을 안에 빠르게 번졌고, 동네 사람들은 그랬다. 남자가 아니라 주미의 어머니와 주미를 동정했다. 세상에 별 미친 사람이 다 있다면서, 죽을 거면 자기 집에서 죽을 것이지 왜 남의 영업장에 와서 죽냐면서. 살다 보면 그런 일도 있는 법이라면서 털어버리라고 했다. 흔한 일은 아니지만 간혹 있었다. 누군가 인적 드문 동네에 찾아와 목숨을 끊는 일이. 주미는 그 일 이후로 혼자 모텔에 묵겠다는 사람이 있으면 불안했다. 자살하지 않겠다는 서약서라도 받은 후 열쇠를 내주고 싶었다.

몇 주 전에도 마을에서 화재로 사람이 죽었다. 컨테이너를 숙소 삼아 지내던 외국인 노동자였다. 불은 전기장판에서 발화해 컨테이너 절반을 태웠다. 그날 저녁 최 선장 아저씨가 한 남자를 모텔에 데려와서는 일단 일주일만 있을 거라며 숙박료를 깎아달라고 했다. 아저씨와 주미가 대화를 나누는 사이 어깨를 움츠리고 서 있던 남자는 죽은 이와 숙소를 함께 쓰던, 그날 화재에서 살아남은 사람이었다.

사람들은 죽은 남자를 안타까워했지만, 남자의 이름이 무엇인지, 그가 나고 자란 곳이 어디인지 아는 사람은 거의 없었다. 한 달이 채 지나지 않아 그 일은 더는 사람들의 입에 오르내리지 않았다. 401호 남자의 경우도 마찬가지였다. 대부분의 마을 사람들은 그 죽음들을 일종의 가십거리로 여겼을 뿐 쉽게 잊었다.

마을 사람들이야 모텔에 묵을 일이 없었고, 외지인들은 누군가의 죽음 따위는 알지 못한 채 천진한 얼굴로 드나들었으므로 모텔 영업에는 큰 지장이 없었다. 지장이 있는 건 주미뿐이었다. 여자가 달라는 그 방은 만실이 아닌 이상 누구에게도 내주지 않았다. 객실 전체가 텅 비어 있다시피 한데 굳이 그 방에서 묵고 싶다는 이 여자를 어떻게 해야 할까.

여자는 한 달 동안 머물 예정이라고 했다. 그리고 그 자리에서 휴대폰으로 한 달 치 숙박료를 한꺼번에 이체했다. 주미는 마지못해 401호의 열쇠를 내주었다. 열쇠를 받아 돌아서는 여자의 목덜미를 낚아채듯 주미가 물었다.

죽을 건 아니죠?

자신도 모르게 내뱉은 질문이었다. 하지만 여자는 당황한 기색도 없이 주미를 돌아보고는 고개를 저었다.

아뇨. 안 죽을 거예요.

여자가 대답했다. 그게 세 달 전이었다.

한 달만 더 묵을게요. 한 달만 더.

여자는 매번 카운터 앞에 선 채로 한 달 치 숙박료를 입금했고, 주미는 그때마다 뭔가를 진단하듯 여자를 촘촘하게 살펴보았다. 어떤 기색이라도 발견할까 싶어서였다. 여자는 괜찮은 것 같았다. 오히려 처음 봤을 때보다 안색이 좋아 보였다. 여자는 일주일에 한 번쯤 청소를 부탁했고, 용건이 없으면 주미에게 어떤 말도 건네지 않았다. 주미도 마찬가지였다.

그런 손님이 있노라고, 어머니에게 이야기하자 어머니는 좋아했다. 비수기에 이곳에서 몇 달씩이나 머무는 손님은 드무니까. 세상을 떠난 남자도 한 달 치 숙박료를 한꺼번에 내고 머물던 중이었다. 어머니는 그때도 좋아했다. 남자가 죽었을 때 어머니는 별다른 동요가 없었다. 여인숙을 하던 시절에 번개탄을 피워놓고 죽은 부부 한 쌍이 있었노라고만 얘기했다.

만일 여자가 더 길게 묵는다면 숙박료를 깎아주는 게 어떠냐는 주미의 제안에 어머니는 짧게 웃었다. 농담이라고 생각하는 것 같았다.

*

성수기가 끝나면 하루가 순식간에 길어졌다.

동네 전체가 잘나가던 시절에 비하면 손님은 현
저히 적었지만, 그래도 성수기에는 유명 해수욕장
근처에 자리를 잡지 못한 사람들이 냄비물이 끓어
넘치듯 이곳으로도 흘러 들어왔다. 그러다 입추를
기점으로 손님이 눈에 띄게 줄었고, 막 지나간 여
름이 오래전 꾼 꿈처럼 아득해졌다. 여름 한철 장
사로 얻는 수입은 겨울을 나기에 모자람이 없었
고, 사실 이미 통장에는 모텔 하나를 더 지어도 될
만큼 잔고도 쌓여 있었다.

내가 죽으면 모텔도 호프집도 다 네 것 아니냐.

어머니는 선심 쓰듯 말했다.

내가 왜 이 나이 먹도록 이 고생을 하는데.

어머니는 늘 그렇게 덧붙였다. 감사한 줄 알라
는 듯이. 어머니는 고생하고 있었다. 그건 사실이

었다. 하지만 주미를 위해서가 아니라 자기 자신을 위해서였다. 자식들을 위해 희생하는 것처럼 보였지만 어머니는 그저 일하고 돈을 모으는 것 외에는 할 줄 아는 게 없을 뿐이라고 주미는 생각했다. 돈을 벌기 위해 돈을 버는 것, 그게 어머니의 삶이었고 어머니에게서 그걸 뺏는다면 아무것도 남지 않는다는 것을 주미도 알고, 어머니도 알고 있었다. 그런데도 주미는 어머니에게 마땅히 감사해야 했다. 주미가 없으면 모텔이 돌아가지 않는다는 것은 분명한 사실이었지만, 어머니는 주미에게 한 번도 고맙다고 말한 적이 없었다.

주미는 아주 어렸을 때부터 부모의 일을 도왔다. 어린 동생을 돌보는 것도 주미의 몫이었다. 멀쩡한 집이 있었지만 가족 중 누구도 제 방에서 자고 깨는 일이 드물었다. 온 가족이 모여 밥을 먹는다거나 텔레비전을 본다거나 하는 일도 드물었다. 함께 어딘가로 여행을 떠나본 적도 없었다.

남동생은 중학생이 되자 더는 주미와 함께 쪽방을 지키지 않았다. 그렇다고 혼자 집에서 잠들지도 않았다. 내내 친구 집을 전전하며 지내다가 기숙사가 있는 고등학교로 떠나버렸다. 대학에 진학한 후에도 남동생은 방학 때나 명절 때 잠깐 내려왔다가 하룻밤 이상 머물지 않고 돌아갔다.

한동안 사계절 내내 인파가 끊이지 않던 시절이 있었다. 인기 드라마의 엔딩 장면을 이곳 해변에서 촬영했기 때문이다. 국내 팬들은 말할 것도 없고, 일본인 관광객들이 탄 버스가 하루에도 몇 차례씩 손님들을 쏟아놓곤 했다. 항구 근처에 커다란 활어회센터가 생겼다. 건물을 이렇게 빨리 지어도 되나 싶을 정도로 순식간에. 바닷가 근처 횟집들은 말 그대로 불야성이었다. 매일 밤 모래사장에서 폭죽이 터졌고 축제는 영원히 끝나지 않을 것 같았다.

그 시절에는 주미에게도 일종의 야망이 있었다. 나중에는 모텔이 아니라 호텔로 이름을 바꾸고, 인테리어도 세련되게 싹 바꾸는 거야. 리모델링을 해서 객실을 몇 개만 더 늘리면 관광호텔이 되는 걸 꿈꿔볼 수도 있겠지. 주미는 근처 대학의 호텔관광학과에 진학했고, 관광호텔이 되려면 외국어를 쓰는 직원이 한 명 이상 있어야 한다고 해서 부전공으로 일본어도 배웠다. 일본인 손님이 많으므로 쓸모가 있을 거라고 생각했다.

하지만 주미가 대학을 졸업할 때쯤 거품은 서서히 걷히기 시작했다. 모든 드라마는 엔딩을 향해 가고 새로운 드라마가 시작되는 법이니까. 한일 관계가 경색되면서 일본인 관광객들도 전무하다시피 했고, 아버지마저 갑작스레 심장마비로 세상을 떠났다. 그때 주미는 어머니에게 호프집을 정리할 것을 제안했지만 어머니는 완강히 거부했다. 모텔 영업은 계속 지지부진했으나 '카리브 호텔'로 이름을 바꿔 간판도 새로 달았다. 하지만 그 간판 역시 금세 낡아 볼품없어졌다.

그랬다. 이 동네는 한마디로 볼품없었다. 관광객들이 늘어나자 시에서는 해변을 조형물 전시장처럼 만들어버렸다. 주인공 커플의 동상 옆에 커다란 물고기 조각이 있었고, 조금 걷다 보면 기하학적인 모양의 철로 된 아치가 나왔다. 그 옆에 우주선처럼 생긴 커다란 화장실이 있었다. 흔들 그네가 대여섯 걸음마다 있었고, 하트 모양의 열매가 주렁주렁 달린, 의미를 알 수 없는 나무 조형물도 있었다. 그 모든 곳이 포토존이라고 했다. 시간이 흐르면서 조형물들은 점차 녹슬거나 삭아 해변 전체가 마치 거대한 고물상처럼 보였다.

주미는 이 동네가 돌이킬 수 없이 망가져버렸다고 생각했는데, 몇 년 전부터 서퍼들이 하나둘씩 모여들기 시작했다. 파도가 좋다는 소문이 났다고 했다. 평생을 바닷가에 살았지만 주미는 파도의 좋고 나쁨이 무엇인지 알 수 없었다. 파도는 거칠거나 얌전했고 때로는 조금 으르렁거렸다. 그뿐이었다.

서퍼들은 계절을 가리지 않았다. 해변 근처에 서핑보드를 대여해주는 업체가 몇 군데 들어서기 시작했고, 루프탑을 조명으로 장식한 게스트하우스와 카페도 생겼다. 시에서는 이때다 싶었는지, 이듬해 여름이 오기 전에 해수욕장 근처를 전면적으로 재단장하겠다고 선언했다. 흉물스러운 조형물들을 철거하고, 해변에 줄줄이 늘어선 낡은 횟집과 민박집들을 깨끗하게 새로 짓겠다는 것이었다.

해변 근처는 마치 전쟁터처럼 보였고 실제로도 전쟁이 벌어지고 있었다. 합당한 보상금을 요구하며 가게 주인들이 매일 시청 앞에 가서 시위를 벌였다. 모텔 바로 앞에 있는 영식 아저씨의 포장마차도 철거 대상이었다. 하지만 아저씨는 시위에 나가지 않았다. 왜 가만히 있느냐는 주미의 물음에 아저씨는 별다른 대꾸 없이 담뱃불을 붙였다.

*

401호 여자는 오전 열 시쯤 방을 나서서 어두워져서야 돌아왔다. 주미는 거의 매일 저녁, 카운터 안쪽 방에 난 작은 창문으로 여자가 바닷바람에 코트 깃을 여미며 돌아오는 것을 보았다. 여자는 모텔 안으로 곧장 들어오지 않고, 영식 아저씨의 포장마차 비닐 문을 걷고 그 안으로 들어갔다. 그러고는 그곳에서 한두 시간 이상 머물다가 나오곤 했다. 그날 아침, 모텔 앞에 얕게 쌓인 눈을 빗자루로 쓸고 있을 때 영식 아저씨가 길 건너편에서 주미에게 손짓했다. 주미가 그에게 다가갔다.

요즘 왜 안 나타나냐?

아저씨가 말했다.

술 끊었어요, 하고 주미가 대답하기가 무섭게 뻥치고 있네, 아저씨가 말했고 주미는 웃음을 터뜨렸다.

네가 남자를 끊었으면 끊었지, 술을 끊냐?

남자는 옛날에 끊었고요.

주미가 낄낄거리며 대답했다. 아저씨가 따뜻한 커피 한 잔 마시고 가라며 포장마차 문을 걷고 안으로 들어갔다. 주미는 재빨리 따라 들어가 믹스 커피 두 봉을 뜯어 종이컵에 하나씩 털어 넣었다. 커다란 양철 온수통에서 뜨거운 물을 받았다. 아저씨는 주미가 재게 움직이는 것을 보고는 별말 없이 자리에 앉았다.

비수기에 주미는 종종 모텔 카운터에 휴대폰 번호를 적어두고, 아저씨네 포장마차에서 커피나 술을 마시곤 했다. 손님에게 전화가 오면 얼른 달려가서 키를 내주고, 돌아와 다시 마시고. 포장마차가 바쁜 날에는 다리가 불편한 아저씨를 대신해 손님들에게 회 접시를 날라다 주고, 테이블도 치워주곤 했다. 손님이 없을 때는 아저씨랑 마주 앉아 시답지 않은 농담을 주고받으며 수다를 떨다가, 혹 어머니가 볼세라 포장마차 뒤편에서 맞담배도 피우고 그랬다. 속 깊은 얘기는 안 했지만, 주미가 유일하게 깔깔 소리 내서 웃곤 하는 게 영식 아저씨네 포장마차에서였다. 그런데 401호 여자가 그곳에 매일 출근하다시피 하는 걸 알고 나서부터는 가지 않았다. 기분이 별로였다.

이상한 여자. 401호 여자가 하와이에서 왔으며, 해변 앞 서핑 카페에서 아르바이트를 시작했다는 것을 영식 아저씨에게 들어 알게 됐다. 주미는 궁금했다. 그 여자는 왜 겨울이 깊도록 이곳에 머무는 걸까. 단지 열정적인 서퍼들 중 한 사람일까. 일자리를 구한 걸 보니 금방 떠나지도 않을 모양인데, 어디 월세방이라도 구하는 게 낫지 않나. 돈이 많은가. 그런데 왜 하필 남자가 죽은 방에서. 죽은 남자의 애인일 확률이 높다고 생각했지만, 단지 괴이한 취향을 가진 사람일 수도 있었다.

혹시 남자의 애인이라고 해도 그랬다. 사랑하던

사람이 목숨을 끊은 공간에 머물고 싶어 하는 마음이란 어떤 걸까. 그 정도로 누군가를 사랑할 수 있나. 그런 게 사랑인가. 근데 그게 사랑이 맞나. 답 없는 질문은 꼬리에 꼬리를 물고 이어졌고, 주미는 여자가 시야에 나타나기만 하면 무슨 답이라도 찾으려는 듯이 집요하게 바라보고 또 바라보았다.

주미의 첫사랑은 같은 과 선배였다. 그는 근사한 호텔의 지배인이 되고 싶어 했다. 당시 주미는 선배와 함께 '카리브 관광호텔'을 운영하는 꿈을 꾸었다. 월급쟁이가 되는 것보다는 그편이 낫지 않냐는 주미의 말에 선배는 얼굴을 찌푸렸다. 그리고 물었다. 너는 그 동네를 떠나고 싶지 않은 거냐고. 주미는 그런 생각은 해본 적 없다고 대답했다. 너는 시야가 좁구나. 야망이 없구나. 선배는 그런 식으로 말했던 것 같은데.

얼마 지나지 않아 차로 한 시간쯤 떨어진 곳에 거대한 리조트가 오픈하면서 사람을 구했다. 선배는 대학을 채 졸업하기도 전부터 그곳에서 일을 시작했다. 겨우 한 시간 거리일 뿐이었는데 마음은 몇억 광년으로 멀어졌고, 자연스럽게 헤어졌다. 주미는 얼마 전 대학 동기와 통화를 하다가, 그가 제주도에 있는 어느 유명 호텔의 지배인이 되었으며, 스튜어디스 출신의 여자와 결혼해 아들 둘을 키우고 있다는 소식을 들었다.

선배 덕분이라고 해야 할까, 그와 헤어지고 주미는 자신의 야망이 자신의 것이 아니라 어머니의 것이라는 것을 알게 됐다. 그리고 그때부터는 다른 꿈을 꾸기 시작했다. 언젠가 어머니가 세상을 떠나면, 모텔과 호프집을 전부 다 정리하고 아주 긴 여행을 떠날 거라고. 어머니 홀로 다 감당하게 두고 지금 당장 떠날 수는 없었다. 하지만 떠나고 싶은 마음은 점점 커져서 일상을 잡아먹었다. 팔다리가 사슬로 묶여 있는 느낌. 주미는 점점 자신이 원하는 게 여행인지, 어머니가 세상을 떠나는 것인지 헷갈리기 시작했다. 그렇다는 걸 깨닫자 죄책감이 들었다.

혹여 그런 날—어머니가 세상을 떠나는 날—이 온다고 치자. 하지만 막상 주미는 자신이 어디로 떠나고 싶은지 몰랐다. 제주도? 하와이? 아니면 카리브? 어디도 가고 싶지 않았다. 그리고 또다시 깨달았다. 자신이 원하는 건 여행이 아니라 '떠나는 사람이 되는 것'임을. 이번에는 내 차례야. 내 차례라고. 속으로 그렇게 끝도 없이 되뇌고 있었다는 것을.

누군가 떠나면 남겨지는 사람이 있는 법이고, 그건 언제나 주미였다. 하지만 내가 떠난 후에는 누가 남겨지나. 나의 빈자리를 누가 느끼나. 아무도 없었다. 영식 아저씨? 아저씨는 그러려니 할 것이다. 젊은 사람은 도시로 가야 한다고 입버릇처럼 말했으니까. 떠날 사람은 이미 다 떠났다. 단짝 친구가 떠났고, 남동생이 서울로 떠났다. 첫사랑이 떠났다. 두 번째 사랑도 물론.

결혼까지 생각했던 그 남자는 모텔 손님이었다. 한두 달 간격으로 찾아와서 며칠간 머물다 갔다. 차림새로 보아 여행객 같지는 않았다. 젊은 남자가 혼자 묵는 경우는 거의 없었기 때문에 눈길이 갔던 것도 사실이다. 혼자 모텔에 오는 남자들은 등산이나 낚시를 하러 오는 경우가 대부분이었다. 그들은 대개 중년 이상이었고, 종종 주미에게 반말을 섞어 했다.

세 번째로 찾아왔을 때였나, 남자는 카운터를 지키던 주미에게 다가와 다소 수줍은 기색으로 함께 커피 한잔하지 않겠냐고 물었다. 추근대는 느낌이 아니어서 주미는 그러마고 했다. 연애 세포가 죽어가고 있을 때여서 오히려 조금 기뻤다. 그는 주미보다 여섯 살 연상이었다. 어렸을 때 온 가족이 서울로 이사했지만, 고향 마을의 기억이 좋게 남아 있어 언젠가는 이곳에서 살고 싶다고 생각해왔다는 거였다. 일식 조리사인 그는 이곳에 해산물 메뉴를 주로 한 이자카야를 차릴 예정이고, 그래서 마땅한 매물이 있나 보러 다니는 중이라고 했다.

주미는 또 다른 꿈을 꾸기 시작했다. 이자카야와 호텔이라면, 마치 여인숙과 호프집처럼 기막힌 조합이 아닌가 하고. 주미는 남자와 함께 부동산을 돌아다니며 데이트를 했다. 남자의 차를 타고 마을과 떨어진 곳에 있는 모텔에 가서 자기도 했다. 다들 떠나기만 하는데 고향에 돌아와 가게를 차리려고 하다니, 보기 드문 젊은이라며 어머니는 남자를 마음에 들어 했다. 이 마을에 젊은 남자는 거의 남아 있지 않았고, 주미도 이제 서른이 가까웠으니 시집갈 수 있는 마지막 기회일지도 모른다며 주미의 등을 떠밀었다. 주미가 돌아오지 않는 밤에는 자신이 모텔을 지키며 호프집 문을 닫기까지 했다.

마침내 괜찮은 매물이 나타났다. 모텔과는 조금 멀었지만, 그래도 유동인구가 더 많은 시내 사거리에 있었다. 그동안 열심히 모은다고 모았는데, 보증금이 모자란다고 남자는 한숨을 내쉬며 말했다. 주미는 흔쾌히 돈을 빌려주었다. 어차피 결혼하면 갚고 말고 할 것도 없다고 생각했다.

주말 드라마처럼 뻔하고, 생각보다 흔한 결말. 남자는 흔적도 없이 사라졌고, 연락이 닿지 않았다. 경찰에 신고하려다가 그만두었다. 남자에게 준 돈이 적은 액수는 아니었지만 돈이 문제가 아니었다. 경찰서에 들락날락하기도 싫었고, 동네에 소문이 나는 것도 싫었다. 주미만 보면 언제 국

수를 먹게 되겠느냐며 농담을 하던 이웃들은 그저 두 사람 사이가 틀어진 것으로 알았다. 할 수만 있 다면 전부 없었던 일로 하고 싶었다.

그 일 이후 주미는 더는 누구도 사랑하지 않겠 다고 다짐했으나 다짐 따위 할 필요도 없었다. 사 랑할 만한 누구도 주미 앞에 새로이 나타나지 않 았다. 예전에는 누군가가 떠날 때마다 감정을 많이 소모했다. 하지만 점점 더 익숙해졌고, 아무렇지 않았다. 마음이 닳아 없어진 것 같았다. 그저 하루 하루 해야 할 일을 했고 미래를 생각하지 않았다.

지원 아버지의 장례식에 간 것은 순전히 지원을 다시 보기 위해서였다. 네가 그토록 떠나고 싶어 했던 이곳에서 나는 이렇게 잘 살아 있다고, 말해 주고 싶었다. 행복하지는 않지만 불행에 겨워 뭍 으로 내던져진 물고기처럼, 그때의 너처럼, 그렇 게 힘겹게 헐떡거리지는 않아. 버티는 게 아니라 그냥 놓았고, 그래서 평온하다고 말해주고 싶었다. 누구도 주미에게 행복하냐고 묻지 않았지만 지원 이 아니라도, 그 누구에게라도 대답하고 싶었다.

그런데 다시 만난 지원은 바짝 마른 장작 같았다. 조그만 불씨에도 활활 타오를 것 같았고, 주미는 조금 당황했다. 무엇을 기대했는지도 모른 채 실망했다. 아니, 실망했다기보다는 허망한 기분이었다. 그래서 부적절하게 웃었고 지나치게 씩씩한 척 굴었다. 장례식장에서 돌아오는 길에 주미는 울음이 터질 것 같았지만 울지는 않았다. 그랬던 게 작년 여름의 일.

그리고 입추가 지날 무렵 401호 남자가 왔다. 그가 들고나는 것을 보지 못한 지 사흘쯤 되었을 때, 주미는 이미 예감하고 있었던 것 같다. 객실 문을 연 순간 주미의 머릿속에는 오래전에 보았던, 오랫동안 잊고 있었던 장면 하나가 떠올랐다. 인파 사이로 기둥처럼 솟아 있던, 크레인에 매달려 있던 거대한 주검. 경이로운 동시에 참혹했던.

두 주검이 하나로 겹쳐지는 순간, 이해했다. 지원이 왜 그토록 떠나는 일에 골몰했었는지. 왜 주미를 포함한 이곳의 모든 것을 미워할 수밖에 없었는지. 그때 지원은 이곳의 공기를 숨 쉬는 것마저 불쾌하다는 듯이 얼굴을 찌푸리고 다녔다. 정을 떼려는 사람처럼 주미에게 차가웠고, 주미는 그때 차가움에도 데일 수 있다는 것을 배웠다.

주미도 지원을 오랫동안 미워했다. 아니, 미워했다기보다는 버림받은 사람의 비통함 같은 것이었다. 장례식 때 주미는 지원에게 명함을 건넸다. 모텔에서 호텔로 이름을 바꾸면서 만든 명함이었다. 명함에서 주미는 호텔 지배인이었다. 하지만 지원은 주미에게 연락하지 않았다. 닳아 없어진 줄 알았던 마음 한 켠이 소리 없이 무너져 내렸다. 그런데 이렇게 갑자기.

누군가에 대한 이해가 그토록 순식간에, 무방비하게 덮쳐올 수 있다는 것에 주미 자신도 놀랐다. 그리고 후회했다. 그때 그 애를 혼자 두지 말았어야 했는데.

*

'나 왔어.'

해 질 무렵 지원이 보낸 문자에는 그렇게 적혀

있었다. 마치 오늘 아침에 집을 나섰다가 돌아온 사람처럼. 단지 그 세 글자에 작은 폭죽처럼 터지는 기쁨을 스스로 어쩔 수 없었다.

주미는 지원에게 모텔 카운터를 비우기가 어려우니 요 앞 포장마차에서 요기라도 하자고 제안했고 지원은 알겠다고 답했다. 저녁 여덟 시쯤 누군가 쪽방 창문을 똑똑 두드렸다. 지원이었다. 지난번에는 어깨 정도까지 오는 단발머리를 하나로 묶고 있었는데 이번에는 아주 짧은 쇼트커트였다. 지원에게 아주 잘 어울린다고 생각했다.

지원과 주미가 포장마차 안으로 들어서자 테이블에 마주 앉아 있던 두 남자가 돌아보았다. 영식 아저씨와 지난번에 선장 아저씨가 데려왔던 남자였다. 이름이 쑤언이라고 했던가. 모텔에서 나간 후에 영식 아저씨네 집에서 지내고 있다는 이야기를 들었다.

왔어?

영식 아저씨가 그렇게 말하고는 지원 쪽을 흘긋 보았다. 주미가 포장마차에 누구를 데려온 건 오랜만이었다. 주미와 지원이 자리를 잡고 앉자 아저씨 대신 쑤언이 주방 쪽으로 가서 수저와 물티슈를 가져왔고, 영식 아저씨는 플라스틱 바구니를 들고 천막 밖으로 나갔다.

회 괜찮지?

주미가 물었다. 지원이 머뭇거리자 주미가 잠깐만, 하고는 밖으로 나갔다가 돌아왔다. 영식 아저씨도 빈 바구니를 들고 따라 들어왔다. 자리에 도로 앉으며 주미가 말했다.

여기는 주문이란 게 없어. 주는 거 그냥 먹어야 해.

지원이 진짜? 하며 재밌다는 듯 웃었다.

근데 다 맛있어.

주미가 말했다. 소주를 마시겠냐고 묻자 지원이 그러겠다고 했다. 주미는 냉장고에서 소주 한 병과 소주잔 두 개를 챙겨 테이블로 돌아왔다. 이렇게 오랜만에 마주 앉으니 무슨 이야기를 해야 할지 몰라 어색하기만 했다. 눈이 마주치면 동시에 웃고, 동시에 눈을 피했다. 소개팅 나온 사람들처럼 한참을 그러고 있는데 이윽고 쑤언이 음식이 담긴 쟁반을 들고 다가왔다. 톳국. 부추와 바지락

살을 함께 무친 것. 계란 프라이 두 개와 따끈한 쌀
밥 두 공기.

포장마차인 줄 알았는데 백반집인가?

지원이 말했고 주미가 웃었다.

배가 고파 보이면 밥을 주고, 술이 고파 보이면
안주를 주지.

우린 둘 다 고파 보이나 보다.

지원이 바지락 무침을 가리키며 말했다. 그러
게, 하고 웃으며 주미는 지원의 소주잔에 소주를
따라주었다. 지원이 톳국 국물을 한 입 떠먹고는
아, 시원하다, 하고 말했다. 그러고는 별말 없이 소
주잔을 기울였다. 지원은 빨리 마셨고 주미는 천
천히 마셨다. 주미가 갑자기 물었다.

근데 나 보러 온 거야?

그러자 지원이 당황하며 대답했다.

그…… 집을 팔아야 해서.

농담한 거야.

주미가 웃었다.

집을 팔기로 했구나.

응.

출근할 때마다 지나가는데.

우리 아버지 집?

응.

어때?

너희 집?

지원이 고개를 끄덕이자 주미가 큭큭 대며 웃었다.

가만히 있지.

주미가 말했다.

그런가. 가만히 있나.

지원도 따라서 웃었다.

아직 안 가봤나 보네.

주미가 지원이 옆자리 의자에 올려놓은 커다란 배낭을 보며 말했다.

이거 다 먹으면 데려다줄게.

주미의 말에 지원이 희미하게 미소 지었다.

크리스마스 전구가 여러 가지 버전으로 깜빡이고 있었다. 하나씩 차례대로 켜지기도 하고 동시에 켜졌다 꺼졌다 하기도 했다. 취할수록 더 반짝거렸다. 난로의 열기 때문에 천막 틈으로 새어 들어오는 찬바람이 오히려 시원하게 느껴졌다. 그때 누군가 포장마차 안으로 들어왔다. 왔어, 하는 소리에 돌아보니 401호 여자였다. 여자는 지원과 주미를 보고 조금 놀란 얼굴을 하더니 곧 고개를 까닥여 목례했다. 주미도 꾸벅 인사했다. 우리 모텔 손님이야, 하고 주미가 작은 목소리로 지원에게 말했다.

아까 카페에 갔었어. 거기서 일하시는 분 아냐?

지원도 덩달아 작은 소리로 물었다. 주미는 맞다고 고개를 끄덕였다.

여자는 주미와 마주 보이는 구석 자리에 가서 앉았다. 그러고는 가만히 비닐로 된 창문 밖을 내다보았다. 곧 쑤언이 음식을 가져왔다. 아마도 지금 주미의 테이블에 놓인 것과 같은 메뉴를. 지원의 어깨 너머로 주미는 여자를 흘긋거렸다. 여자는 조용히, 열심히 밥을 먹었다. 여자의 혈색이 좋아진 이유를 알 것 같았다. 그러자 여자를 향해 까닭 없이 냉랭했던 마음이 톳국 국물에 몸이 녹듯이 스르르 풀어지는 것이었다.

*

포장마차를 나선 두 사람은 예전처럼 나란히 걷기 시작했다. 정말 오랜만에 집밥을 먹은 느낌이야, 하고 지원이 말했다.

술도 정말 오랜만에 마셨어.

술에 취한 지원은 조금은 말이 많아졌고 더 잘 웃었다.

그거 기억나?

주미가 물었다.

뭐?

그때 빙판길에서 네가 나 밀쳐서 넘어뜨렸던 거.

응, 근데 너 딸꾹질 멈추게 하려고 그런 거잖아.

지원이 억울하다는 듯 말했다. 주미가 흐흐 웃었다.

그때 너 엄청 울었잖아. 그렇게 아팠어?

지원이 묻자 주미가 고개를 저었다.

아니, 그냥 울고 싶었나봐. 사는 게 서러워서.

나도 서러웠는데.

같이 울지 그랬어.

주미의 말에 이번에는 지원이 흐흐 웃었다. 편의점이 보이자 지원이 문득 걸음을 멈췄다. 소주를 한 병 더 사야겠다고 했다.

잠이 안 올까봐.

지원이 변명하듯 말했다.

두 사람은 함께 편의점 안으로 들어갔다. 지원이 소주병을 꺼내오는 동안 주미는 볶음 땅콩이 들어 있는 캔과 즉석 북엇국을 집어 카운터에 내려놓았다. 그러고는 지원이 카드를 꺼내기 전에 소주와 함께 재빨리 계산했다.

안 그래도 되는데.

지원이 중얼거렸다.

주미가 비닐봉지를 흔들며 걷고 있는데 지원이 말했다.

있지, 등대 밑에 귤이 있었어.

응?

귤이 있었어.

지원은 코트 주머니에서 귤을 꺼내 주미에게 건넸다. 주머니에 손을 넣고 걷는 동안 계속 만지작거리고 있었던 모양인지 귤이 미지근했다.

따뜻하네, 귤이.

주미가 말했다. 두 사람은 낮게 웃었다. 그때 지원이 어, 눈 온다, 하고 허공에 손바닥을 내밀었다. 스티로폼 가루 같은 조그만 눈송이가 열없이 바람에 흩날리고 있었다.

늦었다. 이제 가.

대문 앞에서 지원이 말했다. 주미가 같이 들어가겠다고 하자 지원은 의외로 마다하지 않았다. 지원이 가방에서 열쇠를 꺼내 대문을 열었다. 이어서 현관문을 열고 집 안으로 들어서자 바닥이 얼음장처럼 차가웠다. 지원은 우두커니 서 있었고 주미가 전등 스위치를 찾아 켰다.

보일러 어딨지?

주미가 두리번거리자 지원이 안방 문을 가리켰다. 주미는 문을 열고 보일러 전원을 켰다. 온기가 돌기 시작하면 가야겠다고 생각했다.

이거 같이 마시자. 다 마시면 갈게.

주미가 그렇게 말하고는 봉지에 담긴 것들을 식

탁 위에 꺼내놓았다. 조그맣고 미지근한 귤도. 지
원이 찬장 문을 열고 소주잔을 꺼내왔다. 고요한
가운데 보일러가 오랜만에 돌아가느라 애쓰는 소
리가 들렸다. 주미가 귤을 까서 절반을 지원에게
건넸다. 두 사람은 귤의 속살을 하나씩 떼어내서
천천히 먹었다. 아까 그 여자 말야, 하고 주미가 이
야기를 시작했다. 그렇네, 정말 이상한 여자네, 지
원이 그렇게 말해주기를 조금은 기대하면서. 하지
만 지원은 가만히 주미의 이야기를 듣고 나더니
고개를 끄덕였다. 난 알 것 같아, 하고 지원이 말했
다. 자신도 종종 아버지 집 안방에 자리를 깔고 누
워보고 싶은 생각이 들었다고. 하지만 진짜 그렇
게 할 용기는 없었다고. 용감한 사람이네, 하고 지
원이 말했다.

그러고 보니 지원의 말이 맞았다. 그 먼 곳에서
아는 이도 하나 없는 이곳에 와서, 그렇게 혼자 씩
씩하게 밥을 먹고. 아마도 누군가를, 무언가를 이
해해보겠다고 여자는 애쓰고 있을 것이었다. 그러
자 자신은 그 무엇에도 그렇게 애써본 적이 없다
는 생각이 들었다.

소주병이 거의 비어가고 있었다. 지원은 눈을 내리깐 채 술잔을 잡고 있는 자신의 손가락만 내려다보고 있었다.

지원아.

주미가 지원의 이름을 부르자 지원이 고개를 들고 주미를 보았다. 곧 울음이 터질 것 같은 얼굴이었다.

나, 자고 갈까?

주미가 물었다. 지원은 고개를 끄덕였다.

지원을 침대에 눕히고 주미는 거실 소파에서 잤다. 방문을 열어보니 지원은 태아처럼 동그랗게 몸을 웅크린 채 잠들어 있었다. 커튼 새로 비치는 햇살이 지원의 뺨 위에 곧바로 닿고 있었다. 주미는 창가로 다가가 빛이 새어들지 않도록 조용히 커튼을 여몄다. 그리고 흐트러진 이불을 끌어당겨 제대로 덮어주었다. 지난밤 어머니에게 카운터를 지키지 못한다고 전화했다. 지원을 혼자 깨어나게 하고 싶지는 않았지만, 아마도 어머니는 지금 쪽방에서 한뎃잠을 자고 있을 것이다. 주미는 돌아가기로 했다.

　조용히 주방 찬장 문을 열고 냄비를 찾았다. 안쪽이 까맣게 얼룩진 작은 냄비가 있었다. 냄비를 물로 헹군 뒤, 즉석 북엇국의 포장을 뜯고 냄비 안에 쏟아부었다. 그냥은 짤 것 같아 물 한 컵을 더 부었다. 가스레인지에 불이 들어오지 않았다. 타다닥, 타다닥, 대여섯 번쯤 스위치를 돌리고 나서야 불씨가 돋았다. 혹시 그 소리에 지원이 잠을 깼을까 싶었는데 기척 없이 조용했다.

　북엇국이 끓는 동안, 주미는 메모를 남기려고 종이를 찾았다. 마땅한 종이가 없어 거실 TV장 위에 아무렇게나 쌓여 있던 우편물 봉투 중 하나에다가 적었다. 국이 식었으면 데워 먹으라고. 필요하면 아무 때나 연락하라고. 그렇게 적으면서 주미는 생각했다. 남겨진 사람이 아니라 그냥 여기 있는 사람. 누군가 나 왔어, 하고 돌아왔을 때 거기 있는 사람. 아무 때나 연락해도 늘 있는 사람. 그런 사람은 세상에 드물고, 주미는 그런 사람이 되고 싶어졌다.

　밤새 눈발이 굵어지지는 않은 모양인지 눈은 그

저 베일을 덮은 것처럼 바닥에 얕게 쌓여 있었다. 주미는 발자국을 만들며 걸었다. 화살표로 방향을 그리는 것처럼. 빵조각을 조금씩 떼어놓는 마음으로.

길 건너 서핑 카페가 오픈을 준비하고 있었다. 창유리 너머로 401호 여자가 분주히 움직이고 있는 게 보였다. 테이블 위에 거꾸로 올려둔 의자를 내리고 있었다. 여자와 눈이 마주쳤다. 주미는 여자를 향해 손을 흔들었다. 그러자 여자도 손을 흔들어 인사했다.

눈구름은 이제 사라졌고 하늘이 쨍하게 맑았다. 햇살이 여과 없이 주미 얼굴 위로 쏟아져 내렸다. 어떤 장면도 떠오르지 않았고 다만 눈이 부셨다.

3부
딩

P는 그린 룸 안에서 죽고 싶다고 했다.

'그린 룸'이 뭐냐고 재인이 묻자, 그건 파도가 만들어내는 일종의 터널 같은 거라고 P는 대답했다.

들어가본 적 있어?

당연하지.

어떤 느낌인데?

음…… 설명하기 어려운데.

그래?

재인은 더 묻지 않고 침대에서 몸을 일으켰다. 그러고는 창문으로 다가가 커튼을 걷었다. 빛의 습격. 그때 재인의 뒤통수에 대고 P가 말했다.

존나 황홀해.

재인이 웃으며 P를 돌아본다. P의 몸 위로 쏟아지는 햇살.

그 장면이 떠오르고 또 떠오른다.

그린 룸이 뭐냐고 묻는 대신, 왜 죽고 싶다는 건지 물었어야 했나. P가 하는 말의 절반 이상이 농담이었고, 그래서 농담 아닌 것을 무심히 넘겼는지도. 아니, 재인은 머리를 흔들며 생각을 고쳤다. 적어도 그때는, 그 순간에는 아니었을 거라고. 농담이었던 게 분명하다고. 그때 재인은 마치 그린 룸에 안에 있는 것처럼 황홀했으니까. 들어가 보지 않았는데도 알 것 같았다. P와 함께 그것을 통과하고 있다고 믿었다.

P는 1년간의 어학연수가 끝나면 한국으로 돌아갈 예정이었지만 재인은 개의치 않았다. 한 번도 가본 적은 없지만 한국은 증조할아버지와 증조할머니의 고향이었으므로 가깝게 느껴졌다. 그들의 결혼사진을 본 적이 있다. 흑백사진 속 증조할머니는 드레스 대신 하얀 저고리와 치마를 입고 면

사포를 쓰고 있다. 이목구비가 서글서글한 남자가 얼어붙은 듯 꼿꼿한 자세로 곁에 서 있다. 양복 재 킷의 소매가 짧아 손목이 드러나 있다.

사진 신부로 하와이에 왔던 많은 조선 여자들이 사진이나 편지에서 예상했던 것과는 너무도 다른 남편과 힘겨운 노동 때문에 불행하게 살았다는 이 야기를 들었지만, 증조부모는 예외였다. 물론 그 들도 쉽지 않은 삶을 살았으나 해가 갈수록 두 사 람은 금실이 더 좋아졌다. 그들은 자식을 다섯이 나 낳았고, 모두 대학에 보내 졸업장을 받았다. 증 조할머니가 지병으로 돌아가신 뒤 몇 달 되지 않 아 증조할아버지도 세상을 떠났다고 들었다. 특별 히 아픈 곳이 없었는데도.

재인에게 그들의 러브스토리는 아주 먼 옛날의 이야기처럼, 일종의 동화처럼 느껴졌다. 재인은 P에게도 증조부모의 얘기를 해줬다. 휴대폰으로 찍어둔 결혼사진도 보여주었는데 P는 별말 없이 그것을 들여다보기만 했다. 장거리 연애쯤이야. 재인은 서툴지만 한국어를 할 줄 알았으므로 언젠 가 P를 따라 한국에 가서 살 마음도 있었다.

재인은 그때까지 자신의 미래에 대해 구체적으로 생각해본 적이 없었지만, P를 만나고부터는 이런저런 상상을 하기 시작했다. 한국의 어느 조용한 바닷가 마을에다 함께 서핑 숍을 차리면 어떨까. 부둣가를 기웃거리는 고양이들에게 다정한 마을이면 좋겠어. 가게가 자리를 잡을 때까지는 내가 영어 과외를 해서 생활비에 보태는 거야. 하지만 그런 얘기를 하면 P는 긍정도 부정도 하지 않고 맥없이 웃기만 했다. 그러고 보니 P는 두 사람의 미래에 관해서 어떤 얘기도 한 적이 없었다.

그래서였나. 이미 다른 꿈을 꾸고 있었나.

생각은 도돌이표처럼 제자리로 되돌아갔다.

그때 카페 사장이 유리문을 열고 들어오며 굿모닝, 하고 인사했다. 장작이 담긴 양동이를 들고 있었다. 창고 마당에서 장작을 패고 벽난로에 불을 피우는 건 사장 담당이었다. 사장은 그 밖의 일들은 전부 재인에게 맡겼고, 가타부타 잔소리가 없었다.

오늘 두 사람 예약 있네.

사장이 양동이를 내려놓더니 손이 시린 듯 두 손을 서로 비비며 말했다. 재인은 오늘 예약이 그게 전부냐고 물으려다가 그만두었다. 사장은 카페 운영에는 별로 관심이 없었고 서핑 강습에만 열심이었다. 실제로 이곳은 카페라기보다는 서핑 동호인들의 아지트 같은 느낌이었다. 그저 뭔가를 마시기 위해 찾아오는 손님은 드물었다. 겨울이라서 그런가. 재인은 아직 이곳의 봄과 여름을 겪어보지 못했다.

이렇게 추운 겨울에도 서핑을 하러 오는 사람들이 있기는 했지만 수익을 내기에는 턱없이 부족해 보였다. 손님도 없는 카페에 직원을 쓰다니. 재인으로서는 이곳에서 일하게 되어 다행이었지만, 경영에는 젬병인 듯한 사장님이 한편으로는 걱정스러웠다.

면접 때 사장은 하와이에서 왔다는 재인에게, 자신도 서핑하러 하와이에 몇 번 가봤다며 아는 척을 했다. 왜 거기, 바비큐 립 진짜 맛있는 데 있잖아, 하면서. 재인은 자신이 알고 있는, 관광객 대부분이 한 번쯤은 들르는 유명한 식당 이름을 댔다. 그러자 그래, 거기! 하며 사장은 좋아했다.

이 한겨울에 왜 이곳에서 지내려는 거냐는 사장의 물음에 재인은 여기가 할머니의 고향이라고 거짓말을 했다. 할머니, 할머니의 딸, 할머니의 손녀 재인 모두 하와이에서 태어났고 이 동네는 이름조차 들어본 적 없었다. 하지만 재인은 한국에 여행차 왔다가 할머니 고향에 한번 들러보았다고, 그런데 왠지 이곳이 좋아져서 한동안 지내기로 했다고 대답했다.

그렇지, 여기가 그런 매력이 있지.

사장은 맞장구쳤다. 재인은 사장이 말하는 이곳의 매력이 무엇인지 도통 알 수 없었지만 웃으며 고개를 끄덕였다. 사장은 몇 년 전 서핑을 하러 왔다가 이 동네의 분위기와 멋진 파도에 반했고, 틈틈이 휴가를 내서 다녀갔다고 했다. 그러다 결국엔 직장을 정리하고 아예 자리를 잡았다는 것이다. 지금은 미화 사업 때문에 동네가 엉망이지만 곧 깨끗해질 거고, 자신이 봤을 때는 이 지역의 미래가 아주 밝다고 했다. 서핑 시장은 점점 커지고 있으며, 머지않아 여기가 대한민국 서핑의 성지가 될 거라고, 두고 보라고. 외국인들도 많이 올 것으로 내다봤기 때문에, 사장은 영어와 한국어, 일본어, 심지어 약간의 프랑스어까지 할 줄 아는 재인이 무척 마음에 드는 눈치였다.

재인은 바로 다음 날부터 일을 시작했다. 손님이 없어서 한가했지만 재인은 쉴 새 없이 움직였다. 몸을 움직이면 생각이 줄었고 시간이 빨리 지나갔다. 카페가 문을 연 뒤로 단 한 번도 털어내지 않은 듯한 묵은 먼지가 구석구석에 쌓여 있었고, 주방 선반과 수납장에는 아무 질서 없이 온갖 물건이 한데 뒤섞여 있었다. 꼼꼼히 청소하고 모든 물건에 제 자리를 만들어주었다. 빗자국이 말라붙은 통유리창도 깨끗이 닦았다. 그러다가도 재인의 머릿속에는 내가 여기서 뭘 하고 있나, 뭘 할 수 있나, 하는 생각이 불쑥불쑥 떠올랐다. 채 일주일도 되지 않아 카페가 말끔해지자 재인에 대한 사장의 신뢰도는 급상승했고 농담 삼아 재인을 본부장이라고 불렀다.

*

재인은 대학을 졸업하자마자 호놀룰루에 있는 한 어학원에서 교사로 일하기 시작했다. 예전에도 파트타임 강사로 일한 적이 있는 학원이었다. 대학에서 영문학을 전공했으나 공부를 더 하고 싶은 마음이 없었고, 별달리 하고 싶은 일도 없었으므로 일단은 용돈 벌이라도 하자는 생각에서였다.

재인은 회화 중급반을 맡았다. 주중 매일 오후에 세 시간씩 수업이 있었다. 학생들은 대부분 유럽이나 일본 국적이었으나 한국인도 간혹 있었다. 물론 한국인이라고 해서 특별히 관심을 기울인 적은 없었다. 워낙 다양한 국적의 사람들이 들고 나는 곳이기도 했고, 무엇보다 재인은 자신이 뼛속까지 미국인이라고 생각하고 있었다.

그날 출근했을 때 재인은 전날 한국인 학생 하나가 새로 등록했다는 걸 알았다. 레벨 테스트 후 자신의 반에 배치되어 있었다. 하지만 학생은 수업이 거의 다 끝나가도록 나타나지 않았다. 그러다 갑자기 문이 벌컥 열리고 남학생 하나가 들어왔다. 그러고는 조심성 없이 쿵쾅거리며 빈자리에 가서 앉았다. P였다.

짝을 지어 주제에 관해 대화하는 중이었다. P가 오지 않아 일본인 친구 하나가 짝이 없었다고 재인이 농담처럼 말하자 모두 웃었다. 그 일본 학생이 속한 그룹은 세 명이서 얘기하는 중이었고 별 문제는 없었다. 하지만 재인의 말에 P는 자리에서 벌떡 일어나 그 학생 쪽으로 다가가더니 다짜고짜 하이파이브를 했다. 그러고는 어제도 만났던 사이인 듯 스스럼없이 웃고 떠드는 것이었다.

P는 붉게 염색한 곱슬머리에 머리띠를 하고 있어서 삐쭉삐쭉 솟아난 머리카락이 마치 불꽃처럼 보였다. flame boy. 재인은 생각했다. 피부는 현지인보다도 더 검었고, 티셔츠 소매 아래로 손목까지 이어진 문신이 보였다.

수업이 끝나고 학생들이 우르르 빠져나가는 사이 P가 재인에게 다가왔다. 그러고는 늦어서 미안하다고, 서핑을 하다가 시간 가는 줄 몰랐다고 말했다. 그 말을 할 때 P는 'lost in time'이라는 표현을 썼고, 재인은 제법이라고 생각했다. 하지만 다음 날, 그다음 날에도 P는 지각했다. 가끔 아예 나타나지 않을 때도 있었다. 그런데도 학생들은 모두 P를 좋아했다. 리액션이 좋고 우스갯소리를 잘해서인지 P가 있으면 수업 분위기가 좋아졌다. 게다가 P는 매번 수업이 끝나면 재인에게 다가와, 지각해서 혹은 결석해서 미안하다고 사과하고 나서야 돌아갔다.

처음에는 조금 신경이 쓰이는 정도였는데, 재인은 어느 순간부터 자신이 P를 기다리고 있다는 걸, 보고 싶어 한다는 걸 깨달았다.

학원에는 매달 한 번씩 일종의 체험학습을 나가는 프로그램이 있었다. 학생들의 흥미를 돋우고 현지 문화를 익히게 하는 취지에서였다. 박물관에 가기도 하고, 화산 구경을 가기도 했다. 홀라춤을 배우러 간 적도 있었다. 어떤 활동을 할지는 교사의 재량이었지만 재인은 매번 학생들이 무엇을 하고 싶어 하는지 의견을 듣곤 했다. 다음번 액티비티를 무엇으로 할지 이야기를 나누는 중에 P가 함

께 서핑을 배워보는 게 어떠냐고 제안했다. 자신
이 직접 가르쳐주겠다는 거였다. 학생들은 흔쾌히
동의했다.

그리고 체험학습 날이 왔다. 이미 서핑을 할 줄
아는 학생들은 바다로 뛰어들었고, 초보자들에게
는 P가 기본자세를 가르쳐주었다. 연습용 보드를
대여했는데 생각보다 크고 무거워서 재인은 놀랐
다. 와이키키 해변은 서퍼들의 천국이었지만 재인
은 서핑에 대해 그다지 흥미를 느낀 적이 없었다.
서퍼들이 해변에서 서핑을 즐기는 풍경은 컴퓨터
에 기본으로 깔려 있는 배경 화면마냥 조금도 특
별할 게 없는 것이었다.

재인을 포함한 몇몇은 두세 차례 물에 빠지고
난 뒤 금세 흥미를 잃었고, 해변 바로 앞 테라스가
있는 펍에서 맥주를 마시기 시작했다. 재인은 바
다 쪽으로 향한 테이블에 앉아 맥주를 홀짝이며,
능숙하게 파도 위를 미끄러지는 P를 지켜보았다.
지치지도 않는지 한 차례 파도를 타고 물에 빠진
후에 곧바로 그 무거운 보드를 끌고 나와 다시 바
다로 들어갔다. 바다를 가로지르는 불꽃 소년. 스

포트라이트를 비춘 것처럼 재인의 눈에는 P만 보였다.

지친 학생들이 하나둘씩 펍으로 모여들었고 마지막으로 P가 왔다. P는 자연스럽게 재인의 옆자리에 와서 앉았다. 두 사람은 평소에 어학원에서는 하기 힘들었던 이런저런 얘기를 나눴다. P의 부모님은 한국에서 스포츠용품점을 운영하고 있었다. 꽤 유복한 집안에서 자란 어머니는 젊었을 때 준프로급으로 요트를 탔고, 외삼촌은 서핑 마니아여서 P는 어렸을 때부터 바다와 가깝게 지냈다고 한다. 서핑은 초등학교 3학년 때 시작했다. 어려서는 서핑 선수가 꿈이었지만, 자신이 그 정도로 잘하는 건 아니란 걸 다행히도 일찍 깨달아 그냥 취미로 즐기기로 했다고. 대학에 입학한 후에는 서핑 동아리를 만들기까지 했는데, 동아리 이름은 'Ding'이었다. 보드에 뭔가에 부딪혀 상처가 나면 그걸 '딩'이라고 부른다고 P가 말해주었다. 왜 하필 동아리 이름을 그렇게 지었느냐고 재인이 묻자 P는 대답했다.

서핑을 하면 딩 나는 건 당연한 거니까.

그렇게 말하고 P는 잠시 생각에 잠기더니 덧붙였다.

그건…… 내가 오늘도 파도에 뛰어들었다는 증거니까.

그때부터 누가 먼저랄 것 없이 서로에게 빠져들었다. P는 어학원에서 제공하는 기숙사에서 살고 있었으나 얼마 지나지 않아 자연스럽게 재인의 스튜디오에서 함께 지내게 되었다. 단둘이 있을 때 P는 밖에서 보던 모습과는 달랐다. 적게 말하고 덜 웃었다. 이따금 재인의 말을 듣지 못할 만큼 생각에 깊이 잠겨 있을 때도 있었다. 재인은 P의 그런 면도 좋았다. 자신만 볼 수 있는 모습이라고 생각했다. P를 껴안고 누워 있으면 희미하게 냄새가 났다. 햇볕에 달궈진 모래 냄새. 비릿하고 싱그러운 바다 냄새.

lost in time.

P와 함께 있을 때면 재인은 늘 그 단어를 떠올리곤 했다. 그리고 시간이 지날수록 거기에서 'in'이 도망가버린 것 같았다. 함께할 시간이 많이 남

아 있지 않다는 생각에 재인은 불안했다. 더 많이 입 맞추고 사랑한다고 말하고 싶었다. 하지만 P는 전혀 조급해 보이지 않았다. 거리가 멀어져도 이 관계를 지속할 수 있을 거라는 믿음이 그에게 있어서인지, 아니면 헤어져도 아쉬울 게 없기 때문인지 재인은 혼란스러웠다. 그러면서도 P가 자신에게 질릴까 염려하면서 하고 싶은 말의 절반만 하곤 했다.

P가 한국으로 돌아간 후 재인은 몇 번이고 이별의 순간을 회상하며, 초조한 마음을 들킬까봐 허둥지둥했던 자신을 후회했다. 하지만 재인의 우려와 달리 두 사람 사이는 괜찮아 보였다. P가 연락을 먼저 하는 경우는 드물었지만, 재인의 영상 통화를 대부분 받았다. 그래서 의심하지 않았다. P는 학교에 복학했다고 했다. 동아리 회원이 부쩍 늘었다고 했고, 과제와 시험 때문에 바쁘다고 했다. 보고 싶다고 했다. 그 말을 들었을 때 재인이 얼마나 기뻤는지. 겨울방학에 재인이 한국에 가기로 약속했다.

비행기표를 산 지 일주일이 채 안 되어 P의 부

고를 들었다. P는 동해 바닷가의 어느 모텔에서 목을 맸다. 유서도 없었다. P는 학교에 복학하지 않았으며, P의 가족들은 심지어 P가 하와이에서 돌아왔다는 사실조차 모르고 있었다. P의 휴대폰에는 재인과의 통화 기록만이 남아 있었고, 그렇다면 재인이 P에게 소중한 사람이 아니었나 싶어서 연락했다고 P의 어머니가 말했다. 당장 내일 아침 발인 예정이라고 했다.

그 소식은 재인에게 현실감 있게 느껴지지 않았다. 조금 멍했지만 평소와 다름없이 지냈다. 잠이 조금 늘기는 했다. 아침이 되면 눈을 뜨고 싶지 않았다. 수업 시간이 가까워올 때까지 침대에 누워 있었다. 수많은 '왜'들이 재인을 꽁꽁 묶어 꼼짝 못 하게 했다. P가 스스로 목숨을 끊은 이유는 P만이 알 수 있을 것이다. 그렇게 생각했다. 다만 재인을 사로잡은 질문들은 그런 것이었다. 휴대폰화면 속 P가 재인을 향해 왜 그렇게 환하게 웃었는지. 왜 재인이 한국에 오기만을 기다린다고 한건지. 왜 하필 다른 곳이 아니라 거기였는지. 재인은 P가 세상을 떠난 바닷가가 재인이 한때 꿈꾸었던 그 바닷가와 닮아 있을까봐 두려웠다.

한국행 티켓을 취소할 생각도 하지 못한 채 시간이 흘렀다. 휴대폰 스케줄러에 출국 알림이 떴고, 재인은 이미 그렇게 하기로 마음먹고 있었던 것처럼 주저 없이 비행기에 올랐다.

*

regardless.

401호 안에 들어섰을 때 재인의 머릿속에 떠오른 단어는 그것이었다. 모텔 방에 마음 같은 게 있을 리 없지만, 무심했다. 이곳에 누군가 찾아오든지 떠나든지, 섹스를 하든지 목을 매든지 아무 상관 없음. 그 무심함은 오히려 재인에게 약간의 안도감을 주었다.

벽지는 회색이었고, 침대에도 회색 침대보가 씌워져 있었다. 침대에 누웠을 때 시선이 닿는 벽에 그리 크지 않은 벽걸이 텔레비전이 달려 있었고, 한쪽에는 일체형의 붙박이장과 화장대가 있었다.

창문에는 빛바랜 분홍색 커튼이 달려 있었다. 재인은 창가로 다가가 커튼을 걷고 아래를 내려다보았다. 아까 모텔로 들어서기 전에 보았던 허름한 초록색 천막이 내려다보였고, 거기로부터 이어져 있는 방파제와 빨간 등대, 하얀 등대가 보였다.

창밖 풍경에서 시선을 돌리자 벽에 걸려 있는 조그만 유화 액자가 보였다. 일종의 추상화였는데 막 열리는 중인 어떤 틈처럼 보이기도 했고 여자의 생식기처럼 보이기도 했다. 가까이 다가가 보니 질감이 느껴지는 푸른 물감의 소용돌이 위로 길쭉한 비정형의 도형이 그려져 있었다. 오른쪽 밑에 조그맣게 작가의 사인이 있었고 '영원 I'이라고 적혀 있었다. I이 있다면 II도 있는 걸까. '영원'이라는 것에 번호를 붙일 수 있는 걸까. 문득 그런 생각이 들었다. 그리고 궁금했다. P도 이 그림을 들여다보았을지. 그러면서 무슨 생각을 했을지.

다음 날부터 카페 유리문에 붙은 아르바이트 공고를 발견할 때까지, 재인은 아침에 눈을 뜨는 대로 모텔을 나서서 무작정 걸어 다녔다. 공항에서 경황없이 바로 리무진 버스를 탔고, 히터의 열기 때문에 오히려 숨이 답답할 정도였는데, 버스에서 내리자마자 처음 경험하는 추위에 정신이 번쩍 들었다. 재인에게 이 정도의 한기를 감당할 만한 옷은 없었다. K마을로 들어가는 버스를 타기까지 시간이 조금 남아 있어, 재인은 터미널에서 빠져나와 옷가게를 찾아 두리번거렸다. 건너편에 구제 옷을 파는 가게가 보였다. 재인은 그곳에 들어가 거기 있는 옷 중에서 제일 두꺼워 보이는 감색 모직 코트를 하나 샀다.

그 코트를 걸치고 하와이에서 가져온 얇은 스카프를 두 개 겹쳐서 두른 채 돌아다녔다. 코트는 갑옷처럼 무겁고 튼튼했지만 차가운 바닷바람이 예리하게 빈틈을 파고들었다. 편의점에서 대충 끼니를 때우고, 얼굴이 얼얼하게 무감각해질 때까지 걸었다. 해변 흔들 그네에 앉아 하루해가 완전히 사위는 것을 보고 나서야 자리에서 일어났다. 모텔로 돌아온 후에는 뜨거운 물로 몸을 씻었다. 몸의 냉기가 다 빠져나갈 때까지 아주 한참 동안 샤워기 밑에 서 있었다. 그러고는 텔레비전을 틀어 놓고 소리를 끈 뒤 잠들었다. 완전히 어두운 건 견딜 수 없을 것 같았다.

두 명의 예약 손님은 커플이었고 서핑 실력이
제법이었다. 재인은 창가 자리에 앉아 따뜻한 물
을 마시며 두 사람이 몸을 풀고 바다로 들어가는
모습을 지켜보았다. 바다는 평소보다 검푸르고 심
술궂어 보였고 하늘에는 구름이 가득 차 있었다.
카페 안은 따뜻했지만 그런 풍경을 바라보고 있자
니 몸에 한기가 도는 것 같았다. 재인은 포장마차
에서 맛보았던 따끈한 홍합국이 떠올라 침이 고
였다.

포장마차에 앉아 소주를 한두 잔 마시는 것, 그
게 요즘 재인이 일과를 마무리하는 방식이었다.
저녁 여덟 시나 아홉 시쯤 카페 문을 닫은 후 해변
을 따라 천천히 걷는다. 포장마차의 문을 걷고 안
으로 들어가면 다른 세계로 들어간 듯 공기가 훈
훈했다.

그 허름한 천막이 음식을 파는 가게라는 사실
을 알고 깜짝 놀랐다. 사장에게 묻자 그것이 '포장
마차'라고 했다. 포장마차라는 단어는 재인도 알

고 있었지만 그것이 실제로 어떻게 생긴 것인지는 몰랐다. 마차라고 하니까 하와이에서 흔하게 보는 일종의 푸드 트럭 같은 게 아닐까 생각했을 뿐이다. 재인은 어째서인지 그곳의 독보적인 허름함에 처음부터 마음이 끌렸다. 모텔로 돌아가는 길에 포장마차를 지나칠 때마다 재인은 천막 안에서 뿜어져 나오는 주황색 불빛과 연통에서 흘러나오는 연기를 홀린 듯이 바라보았다. 안으로 들어가면 한껏 따뜻할 것 같았다. 하지만 매번 그냥 지나갔다.

유독 바람이 독했던 날, 퇴근길에 재인은 불빛에 이끌리듯 포장마차 쪽으로 다가갔다. 잠시 문 앞에 서서 망설이다가, 결심한 듯 문을 걷고 안으로 들어갔다. 기둥마다 크리스마스 전구가 감겨 있었고, 벽에 '카드 사절'이라고 쓰인 종이가 붙어 있었다. 주인인 듯한 남자는 코끝에 걸친 두꺼운 안경 너머로 재인을 흘긋 쳐다볼 뿐, 어서 오라는 인사 같은 것은 하지 않았다. 중년 남자 하나가 테이블을 차지하고 소주를 마시고 있었다. 그는 재인이 포장마차 안으로 들어설 때부터 자리에 가서 앉을 때까지, 조심하는 기색도 없이 재인의 얼굴을 빤히 쳐다보았다.

재인은 제일 구석에 있는 테이블에 가서 앉았다. 눈높이에 세 뼘 정도 길이로 투명한 비닐이 둘러쳐져 있어 바깥 풍경이 보였다. 보이기는 했으나 비닐이 지저분해서 가로등 불빛이 뿌옇게 번져 보였다. 주인 남자가 한쪽 다리를 끌며 다가와 나무젓가락과 소주잔을 테이블에 내려놓고는 주문도 받지 않고 뒤돌아섰다.

저, 메뉴…… 주세요.

남자가 돌아보았다. 재인이 양 손가락으로 네모를 그렸다. 남자가 말했다.

메뉴? 그런 거 없는데?

당황한 재인에게 남자가 심드렁하게 덧붙였다.

한 만 원어치 썰어줘요?

뭘 썰어준다는 것인지도 모른 채 재인은 고개를 끄덕였다. 가지고 있는 현금이 만 원밖에 없는데 다행이라고 생각하면서. 남자가 파란 플라스틱 바구니를 들고 밖으로 나갔다가 잠시 후에 돌아왔다. 그가 부엌으로 들어가고 나서 아까 재인을 빤

히 쳐다보던 남자가 혀가 약간 꼬인 소리로 재인
을 불렀다.

아가씨.

재인은 못 들은 척하고 비닐로 된 창문 밖을 내
다보았다. 남자가 아가씨, 하고 한 번 더 불렀다.
재인이 마지못해 돌아보자 남자가 다짜고짜 물
었다.

근데 한국 사람이유?

대답하고 싶지 않았지만, 완전히 무시할 수도
없어서 미국 사람이에요, 하고 말했다.

미국 사람? 한국 사람같이 생겼는데.

한국 사람처럼 생겼으면 한국 사람이 맞냐고 물
어볼 필요도 없을 것이다. 재인은 남자가 질문한
의도를 알고 있었다. 혼혈인이냐고 묻고 싶은 거
였다. 하와이에서는 누구도 그런 걸 궁금해하지
않는다. 궁금하다고 해도 얼굴이 뚫어질 것처럼
상대방을 쳐다보지는 않는다. 엄마는 한국 사람이
고, 아빠는 프랑스 사람이에요, 그렇게 대답하면
남자가 더는 묻지 않을 거라는 걸 알고 있었지만,
재인은 일부러 대꾸하지 않았다. 재인은 다시 창

밖에 시선을 두었다. 남자가 뭐라고 구시렁거리는 소리가 들렸다.

잠시 후에 주인 남자가 다가와 재인 앞에 플라스틱 접시를 내려놓으며 말했다.

자연산 멍게. 이건 소라.

남자는 어린아이에게 단어를 가르치듯이 재인에게 '멍게'와 '소라'라고 또박또박 말했다. 재인은 고개를 끄덕였다. 아까 그 손님이 자리에서 일어나 주인 남자와 몇 마디 주고받더니 계산을 하고 밖으로 나갔다. 주인 남자는 처음에 앉아 있던 자리로 돌아가 아까 벗어두었던 돋보기안경을 다시 코끝에 걸치고 휴대폰을 들여다보기 시작했다. 뉴스를 보고 있는지 남자 아나운서의 음성이 고요한 포장마차 안에 울려 퍼졌다.

재인은 엉성한 젓가락질로 멍게 조각을 하나 집어 들었다. 소라는 일식집에서 초밥 위에 얹힌 것을 먹어본 적이 있는데 멍게는 처음이었다. 입에 넣고 한 입 씹자 입안에 파도가 치는 것 같았다. 짜고 쓰고 달고, 이상했다.

사장님, 저 알코올 주세요.

재인이 말했다. 남자는 재인을 흘끗 보고는 대꾸 없이 냉장고로 다가가서 소주병과 잔을 꺼냈다. 재인이 생각한 알코올은 맥주였지만 그건 옵션에 없는 것 같았다. 남자가 술병을 테이블에 내려놓으며 말했다.

거, 미안해요. 우리가 좀 촌스러워.

남자의 말에 재인이 이해한다는 듯 웃었다. 남자가 놓고 간 소주병 안에는 살얼음이 얼어 있었다. 재인은 소주잔에 소주를 조심히 따라 한 모금 마셨다. 소주라면 예전에 한국인 학생들과 삼겹살을 먹으러 갔을 때 시험 삼아 한 모금 마셔본 게 전부였다. 그때는 아주 쓰기만 했는데, 이번에는 마치 방금 먹은 멍게처럼 쓰고 동시에 달았다.

잠시 후에 주인 남자가 서비스라며 홍합국이 담긴 커다란 대접을 내려놓고 갔다. 차가운 해산물과 소주를 먹느라 조금 체할 것 같았는데 국물을 한 숟가락 떠먹자 온천물에 들어간 것처럼 몸이 녹았다. 뜨거운 물줄기 아래 한참을 서 있어도 완전히 사라지지 않던 냉기가 한순간 몸에서 빠져나가는 느낌이 들었다. 그러면서 시원했다. 재인은 어렸을 때 할머니가 뜨거운 국물을 떠먹으며 시원하다고 말하는 것을 이해하지 못했다. 그런데 방금 홍합 국물 한 입에 그 말이 무슨 뜻이었는지 단번에 알게 된 것 같았다.

다음 날에도 재인은 퇴근길에 포장마차에 들렀다. 주인 남자에게 따뜻한 게 먹고 싶다고 말해보았다. 곧 생선 굽는 냄새가 포장마차 안에 진동하는가 싶더니 곧이어 남자가 다가와 생선구이와 미역국, 그리고 따끈한 쌀밥 한 공기를 테이블 위에 내려놓았다.

도루묵.

남자가 말했다. 도루묵, 하고 재인이 따라했다.

미역국. 성게 미역국.

할머니가 끓여주신 미역국은 먹어본 적 있었지만 성게 미역국은 처음이었다. 소주를 홀짝이며 국물에 감탄하고 있을 때, 남자가 서비스라며 성게알 한 움큼을 작은 종지에 담아 가져왔다. 재인도 성게알이 비싸다는 것은 알았다.

이게 이거보다 훨씬 비싼 것 같아요.

재인이 자신 앞에 있는 도루묵 접시를 가리키며 말했다.

내 맘이야. 여기선 내가 왕이거든.

남자가 장난스러운 말투로 말했다.

그렇게 며칠 찾아간 후에 재인이 사장님, 하고 부르자 남자가 사장은 무슨 사장이야, 하더니 그냥 아저씨라고 부르라고 했다. 아저씨는 처음 간 날에만 만 원을 받고 그 뒤로는 5천 원 이상 받지 않았다. 단돈 5천 원에 별의별 메뉴가 다 나왔다. 커다란 꽃게를 통으로 넣어 끓인 라면, 바지락 수제비, 두툼한 오징어가 들어간 파전, 도루묵찌개, 알이 꽉 찬 양미리구이. 회를 썰어줄 때도 있었는데 그럴 때도 따뜻한 국물이나 쌀밥을 꼭 함께 내주었다. 하와이에서는 외식을 하려면 기본적으로 20달러 정도는 들었기 때문에, 한국 물가가 원래 이런가, 이래도 되나 싶은 생각이 들었다. 재인은 편의점 현금지급기에서 돈을 찾아 직원에게 5천 원짜리로 바꿔달라고 했다. 지갑에 5천 원짜리 지폐만 여러 장 있었다.

할머니가 돌아가신 후로는 한국 음식을 먹을 일

이 드물었다. 재인이 독립해 혼자 살기 시작하면
서부터는 더했다. 재인의 아버지는 엄마와 이혼한
후 프랑스로 돌아갔다. 자신은 미국인이고, 외모
도 엄마보다는 아빠를 더 닮았다고 생각해왔는데
한국 음식이 이렇게나 입에 잘 맞다니 놀라웠다.
음식도 음식이지만 그냥 이곳이 좋았다. 세상에서
가장 누추한 왕국. 하지만 막상 이 왕국에 초대되
면 영원히 배고프지 않음.

*

　서핑을 끝내고 옷을 갈아입은 커플이 카페로 들
어와 핫초코와 라테를 주문했다. 사장님은 재인에
게 커플이 돌아가면 바로 문 닫고 들어가라고 말
한 뒤 퇴근을 했다. 자동재생이 설정되어 있는 동
영상 사이트에서 보사노바가 흘러나오고 있었다.
벽난로 앞에 앉은 젊은 연인은 행복해 보였다. 순
간 그들 위로 P와 자신의 모습이 겹쳐 보였다. 재
인은 한때 P를 포함해서 꾸었던 꿈을 부질없이 혼

자서 살아보고 있다는 생각이 들면서 쓸쓸해졌다.

커플이 돌아간 후 재인은 카페 문을 닫고 포장마차를 향해 걷기 시작했다. 싸라기 같은 눈발이 떨어지고 있었다. 재인은 눈이라는 것을 텔레비전 화면에서만 보았을 뿐 한 번도 직접 맞아본 적 없었다. 몇 년 전 하와이에도 눈보라 경보가 발령된 적이 있었다. 하지만 인가가 모여 있는 저지대에는 폭설 대신 폭우가 쏟아졌을 뿐이었다. 평소보다 바람이 약해서인지 눈은 나풀나풀 떨어졌다. 재인은 손바닥을 내밀어보았다. 연약한 눈송이가 손바닥 위에 닿자 조금 간지러울 뿐, 차갑다는 느낌도 없이 녹아버렸다.

포장마차 안에 들어서자 아저씨는 없었고 처음 보는 남자가 안녕하세요, 하고 인사했다. 동남아시아 사람 같았다. 늘 앉던 자리에 앉자 남자가 주섬주섬 수저와 소주잔을 챙겨 가져다주었다. 왕이 있을 때는 뭘 먹을지 고민할 필요도 없었는데 난감했다. 남자가 난로 앞에 엉거주춤 선 채로 사장님이 금방 올 거라고 말했다. 그 말이 끝나기가 무섭게 아저씨가 머리카락에 떨어진 눈을 털며 천막 안으로 들어왔다. 순두부를 사러 슈퍼에 갔다 왔다며, 지금 쑤언이랑 순두부찌개로 저녁 식사를 할 참인데 그냥 같이 먹겠느냐고 물었다. 재인은 고개를 끄덕였다.

한 테이블에 마주 앉은 세 사람 사이에 잠시 정적이 흘렀다. 아저씨가 밥을 몇 술 뜬 후에 불쑥 말했다.

여기는 쑤언. 내 룸메이트.

그러자 쑤언이 재인을 향해 고개를 꾸벅 숙이더니 쑤언입니다, 베트남에서 왔어요, 하고 말했다.

저는 하와이에서 왔어요.

재인이 말했다. 그러자 아저씨와 쑤언이 다소 놀란 듯 쳐다보았다.

하와이에서 왔다는 사람은 처음 보네. 갔다 왔다는 사람은 봤어도.

아저씨 말에 쑤언과 재인이 동시에 웃었다. 그러고 나서는 별말 없이 밥만 먹었다. 자신에게 궁금한 게 많을 텐데 구태여 묻지 않고 있다는 걸 재인도 알고 있었다. 그건 퍽 다정한 침묵이어서 하나도 불편하지 않았다. 백합을 넣고 끓인 순두

부찌개와 새콤달콤한 명태회, 파래무침까지 전부
다 기가 막히게 맛있어서 사실 말할 틈도 없었다.
문득 비닐 창문 밖으로 눈이 펑펑 쏟아지는 게 보
였다.

베트남에도 눈이 오나요?

재인이 쑤언에게 물었다.

아주 북쪽에는 조금 와요.

쑤언이 대답했다.

근데 이렇게는 아니었어요, 엄청 작았어요.

오른손 검지와 엄지를 거의 닿을 듯하게 만들며
쑤언이 말했다.

저는 태어나서 처음 봐요.

재인이 말하자 아저씨가 재인을 쳐다보았다.

어때요? 보니까?

쑤언이 물었다.

……꼭 크리스마스 같아요.

재인이 대답했다.

오늘 밤 장사는 이만 접어야겠다고, 아저씨가
쑤언에게 말했다. 쑤언이 테이블을 치우기 시작하

기에 재인이 도우려고 하자 쑤언은 괜찮다며 손사래를 쳤다. 재인이 지갑을 여는데 이번엔 아저씨가 고개를 저었다.

노노, 됐어.

네?

이건 다르지. 우리 밥 먹는데 깍두기 한 거니까.

아저씨가 말했다. 깍두기가 무로 만든 김치인 것도 알고, 먹어본 적도 있지만 '깍두기 하다'는 단어는 들어본 적 없었다. 재인이 깍두기 하는 게 뭐냐고 묻자 아저씨는 그런 게 있어, 하며 장난꾸러기처럼 웃더니 눈이 더 쌓이기 전에 빨리 들어가라고 했다.

재인은 포장마차를 나섰다. 눈이 어느새 신발 앞코가 파묻힐 정도로 쌓여 있었다. 재인은 가슴을 펴고 숨을 한껏 들이마셨다. 차갑고 신선한 공기가 습격하듯 밀려 들어오자 여기 콧구멍이 있구나, 폐가 있구나 느껴졌다. 얼굴에 커다란 눈송이가 닿을 때마다 불가해한 기쁨이 돋아났다.

모텔 방으로 돌아온 재인은 조금 전에 느꼈던 그 생생함에 붙들린 채, 불도 켜지 않은 채 창가로 다가가 밖을 내다보았다. 가로등 불빛에 흩날리는 눈발을 바라보고 있자니 좋은 꿈을 꾸는 것 같았다.

잠시 후에 아저씨와 쑤언이 천막 안에서 나오는 게 보였다. 아저씨가 오토바이에 올라타자 이윽고 쑤언이 다리를 한쪽으로 가지런히 모으고는 뒷자리에 앉았다. 아저씨의 허리를 꼭 붙잡은 채 오토바이에 매달려 멀어지는 쑤언의 모습을 보니 왠지 웃음이 났다.

재인은 씻으러 가는 대신 침대 위에 걸터앉았다. 리모컨을 집어 들어 텔레비전의 전원을 켰다. 화면이 온통 푸른색이었다. 고래에 관한 다큐멘터리가 나오고 있었다. 범고래와 돌고래 들은 1년에 한 번씩 만나서 교류한다. 종이 다른데도 그들은 그들만의 언어로 소통한다. 북극에서 말하면 남극에서도 들을 수 있다. 그런 식의 내레이션이 흘러나왔다. 몰려오는 나른함에 재인은 음소거 버튼을 누르고 그대로 쓰러져 누웠다. 재인은 눈을 감은 채 생각했다.

귀가 아니라 다른 무엇으로 듣는 건 어떤 느낌

일까. 그토록 먼 곳에서부터 들려오는 무수히 많은 소리 중에서 나만을 위한 메시지를 어떻게 구별해낼 수 있는 걸까.

문득 눈을 뜨자 텔레비전에서 흘러나오는 푸른 빛이 방 안을 온통 푸르게 물들이고 있었다. 재인은 자신이 아주 깊은 물 속에 있는 것처럼 느꼈다. 마치 한 마리 고래가 된 것 같았다.

재인은 다시 눈을 감았다. 그리고 가만히 귀를 기울였다.

4부

폭설

　오늘도 장사 못 하겠네.

　영식이 창밖을 내다보며 말했다. 쑤언이 빈 그릇을 개수대에 옮겨 넣으면서 그러게요, 하고 대꾸했다. 쑤언 역시 어젯밤 최 선장으로부터 조업이 취소되었다는 전화를 받았다. 밤새 쏟아졌을 텐데도 눈발은 조금도 수그러들 기세가 아니었다. 순호는 개집 안에 들어가 있는 것 같았는데 입구의 절반 정도 높이로 눈이 쌓여 있었다.

　순호 저거 좀 있으면 나오지도 못하겠네. 그냥 데리고 들어올까?

　영식의 말이 떨어지기가 무섭게 쑤언이 제가 할

게요, 하고 대답했다.

영식은 부엌으로 가서 식탁에 있는 반찬 통들을 냉장고에 넣었다. 쑤언은 영식에게 지금 데려올까요, 물었고 영식이 고개를 끄덕이자 점퍼를 챙겨 입고 밖으로 나갔다. 영식은 설거지를 시작했다. 고개를 돌려 보니 거실 창밖으로 쑤언이 삽을 들고 눈을 퍼내고 있는 것이 보였다. 개집까지 이어지는 길을 만들고 있었다. 설거지를 끝낸 영식은 전기포트로 물을 끓였다. 머그잔에 믹스 커피를 각각 두 봉씩 털어 넣었다.

잠시 후 쑤언이 순호를 데리고 들어왔다. 쑤언이 방심한 틈을 타 순호가 영식에게 달려와 펄쩍 뛰어올랐다. 영식이 과장되게 소리를 지르자 쑤언이 걸레를 들고 달려왔다. 영식은 걸레를 건네받아 순호의 발을 닦아주었다. 영식의 티셔츠에 발자국 모양 얼룩이 남았다. 바닥에 묻은 진흙을 닦고 있던 쑤언은 어느새 부엌으로 가서 머그잔에 물을 붓고 있었다.

쑤언은 엉덩이가 가볍고 싹싹했다. 영식이 뭔가를 부탁하기도 전에 이미 그것을 하고 있었다. 피곤할 텐데도 조업이 없는 시간에는 밀린 집안일을 하거나 포장마차에서 일을 도왔다. 요즘은 한가해서 그럴 필요가 없다고 해도 막무가내였다. 별다른 이야기를 나누지는 않았지만 그래도 적적하지 않고 좋았다. 누군가와 함께 집으로 돌아오는 것. 집에 돌아왔을 때 누군가 있다는 것. 혹은 누군가가 다녀왔다고 말하면서 집 안으로 들어서는 것. 오랫동안 잊고 있었던 느낌들이 되살아났다. 영식이 순호의 머리를 쓰다듬자 순호가 꼬리를 세차게 흔들었다.

벌금을 어마어마하게 맞았어.

그날 저녁 최 선장이 포장마차에 찾아와 징징거렸다.

징역 안 산 게 어디야.

영식이 말했다. 징역을 살 리는 없었다. 사람이 죽었는데도 벌금 몇백만 원이 고작이었다. 그나마도 컨테이너 숙소 때문이 아니라, 마수드가 미등록 외국인 노동자였기 때문이었다. 법이 바뀌기 전부터 이미 불법 가건물을 숙소로 쓰고 있었다면, 근로자들이 다른 곳으로 옮기기를 원하지 않는 이상 불법은 아니라고 했다. 심지어 근로자가 다섯 명 이하인 사업장에는 법이 적용조차 되지 않는다고 했다. 영식은 무슨 법이 그따위인가 싶었다.

난 월세도 안 받았어. 나 말고 그거 안 받는 사람 있으면 나와 보라 그래.

최 씨가 변명하듯 덧붙였다. 최 씨 말로는 두 사람에게 원룸을 구해주려고 했지만 본인들이 월세 35만 원이 비싸다고 마다했다는 것이다. 영식은 대꾸하지 않았다. 최 씨는 방금 쑤언을 모텔에 들여보내고 나오는 길이었다. 일주일만 묵을 예정이지만, 그 후에 쑤언이 또다시 원룸으로 옮기지 않겠다고 버티면 자기는 어떻게 하냐며 한숨을 쉬었다. 아들이 쓰던 방이 비어 있어 자기 생각에는 거기서 지내면 좋겠는데 와이프가 싫어한다고 했다.

컨테이너도 비싸. 그게 하나에 얼만 줄 알아?

영식이 한심하다는 듯 쳐다보자 최 씨가 입을 다물었다.

……우리 집에 와 있으라고 해.

영식은 그렇게 말하고 자신도 놀랐다. 최 씨가 눈을 동그랗게 뜨고 영식을 보았다.

진짜?

한번 뱉은 말이니 주워 담을 수도 없었다. 어차피 방 세 개 중 하나는 창고나 다름없으니까. 쓸데없이 집이 너무 넓다고 생각한 지 오래였다. 그렇다고 이사를 할 생각도 못 했다. 뭔가를 도모하거나 바라는 일이 전부 버거웠다.

오라고 해. 공과금만 받을 테니까.

영식의 말에 최 씨의 얼굴이 한껏 밝아지더니 금방 휴대폰으로 어딘가에 전화를 걸었다.

응. 쑤언. 잠깐 내려와봐. 응. 포장마차.

최 씨가 쑤언과 통화하는 소리가 들렸다.

쑤언과 마수드. 일주일에 두세 번쯤 둘 중 하나가 최 선장의 트럭에 해산물을 싣고 왔고, 그것들을 수조에 옮겨 넣는 걸 도와주곤 했다. 가끔 최 선장까지 셋이서 끼니를 때우러 오기도 했다. 영식은 최 씨로부터 경매에 내놓기에는 애매한 해산물을 저렴하게 받고 있었다. 질이 나쁜 것이 아니고 크기가 작거나 못생겼을 뿐이라 버리기에는 아까

운 것들이었다.

방글라데시 사람인 마수드는 쑤언에 비해 수다스러운 편이었고 잘 웃었다. 영식이 만든 양미리찌개를 특히 좋아했고 소주도 잘 마셨다. 마수드는 그날 심한 독감에 걸려 조업을 못 나가고 숙소에 누워 있다가 변을 당했다. 영식은 그 생각만 해도 마음 한구석이 불에 덴 것처럼 쓰라렸는데, 최 선장은 요즘 외국인 노동자들이 조업을 기피해서 새로 사람 구하는 것이 큰일이라며 푸념하고 있었다. 그런 최 선장을 보니 거래도 끊고 연도 확 끊어버릴까 싶었다.

어차피 봄이 되면 포장마차는 문을 닫을 확률이 높았다. 시에서는 미화 사업이다 뭐다 하면서 포장마차를 없애려고 혈안이었다. 그 정도 보상금이면 건물 안으로 가게를 옮길 수도 있을 텐데 왜 고집을 부리는지 모르겠다고, 젊은 공무원이 한숨을 쉬며 말했다. 불법 가건물이기는 해도 한자리에서 오랜 시간 영업을 해왔기 때문에 권리금 조로 보상금을 챙겨준다는 거였다. 그러고 보니 그때 주미도 물었지. 왜 싸우지 않느냐고. 영식은 대답하지 않았다.

자신도 자신의 마음을 알 수 없었다. 그냥 싫었다. 여기 이곳이 아니라면 장사도 하고 싶지 않았다. 어쩌면 그냥 끝내고 싶은 건지도 모른다. 누군가 끝내주기를 바라고 있는 건지도.

영식의 포장마차는 동네 사람들에게 꽤 인기가 있는 편이었다. 날이 추워지면 조금 한가해지긴 했지만 손님이 아주 없이 파리만 날리는 일은 드물었다. 여름에는 휴가 온 외지인들도 꽤 몰려왔다. 한낮의 더위가 한풀 꺾이면, 야장을 즐기려는 사람들이 영식의 포장마차를 귀신같이 알고 찾아왔다. 방파제 쪽으로 야외 테이블이 네다섯 개쯤 놓였고, 매일같이 만석이었다. 혼자 감당하기에는 벅차서 야외 테이블을 더 늘릴 생각은 없었는데, 어떤 손님들은 바닥에 돗자리를 깔고 본인들이 직접 좌석을 만들기까지 했다.

성수기에는 외국인 손님들도 종종 다녀갔지만 겨울에는 아니었다. 최근에 단골이 된 그 아가씨는 하와이에서 왔다고 했는데. 그 따뜻한 곳을 두고 왜 한겨울에 이곳에 와서 헤매고 있을까. 뭔가 사연이 있겠지, 생각했을 뿐 굳이 물어보지는 않았다.

그러고 보니 신혼여행으로 아내와 부곡 하와이에 갔었다. 아내는 늘 진짜 하와이에 가보고 싶어 했다. 지금쯤은 다녀왔을지도 모른다. 여러 번 다녀왔을지도. 소식이 끊긴 지 오래였다.

*

식사를 하고, 설거지를 하고, 믹스 커피를 한잔 마시는 것은 영식의 아침 루틴이었다. 그런 사소한 규칙들이 자신을 지켜준다고 믿었다. 다만 모닝커피는 허둥지둥 마시는 거였다. 딱히 급할 것도 없지만 뜨거운 커피를 목구멍에 들이붓다시피 하고 집을 나서곤 했다.

보통은 새벽 조업을 마친 쑤언이 영식네 포장마차에 해산물을 가지고 올 시간이었지만, 쑤언은 지금 여기 영식과 함께 있다. 소파에 앉은 영식은 커피를 단숨에 들이켜려다 말고 부엌에 서서 뜨거운 커피를 호호 불고 있는 쑤언을 보았다. 영식도 쑤언을 따라 천천히 마셨다. 포장마차에서는 괜찮았던 것 같은데 이렇게 집 안에 단둘이 있으려니 어색했다. 그리고 아직 긴 하루가 남았다.

영식은 거의 하루도 빼놓지 않고 포장마차를 열었다. 아침에도 조업을 마치고 배를 채우러 오는 사람들이 있어서 가능한 한 일찍 장사를 시작했다. 하지만 태풍이나 폭설 때문에 어쩔 수 없이 쉬어야 하는 날이 간혹 있었고, 그런 날이 영식은 오히려 힘들었다. 뭘 해야 할지 알 수 없어 우왕좌왕했고 마음이 불안했다. 그러다 결국에는 텔레비전을 틀어놓고 거실 소파에 누워 자다 깨다 하며 시간을 보냈다. 그런데 오늘은…….

영식은 텔레비전 전원을 켰다. 아침 뉴스가 나오고 있었다. 쑤언이 있다고 해서 소파에 드러눕지 못할 것도 없었지만 막상 그러자니 쑥스러웠다. 멍하니 텔레비전을 보고 있는데 커피를 다 마신 쑤언이 어느새 청소기를 꺼내고 있었다.

쑤언. 하지 마. 그냥 쉬어.

영식의 말에 청소기를 내려놓은 쑤언은 잠시 어쩔 줄 몰라 하며 서 있다가, 영식이 앉아 있는 소파로 다가와 끄트머리에 걸터앉았다. 영식의 허벅지에 엉덩이를 대고 동그랗게 몸을 말고 누워 있던 순호가 소파에서 뛰어내려 꼬리를 흔들며 쑤언에게 다가갔다. 꼬리를 어찌나 세게 흔드는지 소파에 탁, 탁, 하고 부딪는 소리가 났다.

뭐 하고 쉬어야 할지 모르겠지?

영식의 말에 쑤언이 순호의 머리를 쓰다듬으며 웃었다.

나도 그래.

영식이 말했다. 영식의 시선이 도로 텔레비전을 향하자 쑤언은 휴대폰을 꺼내 들여다보기 시작했다. 잠시 후 영식이 문득 생각난 듯 물었다.

바둑 둘 줄 알아?

아뇨.

쑤언이 고개를 저었다.

오목은?

오목?

그 왜 있잖아, 바둑돌로 다섯 개 쭉 만드는 거.

아, 까로 체스. 알아요.

할래?

쑤언은 영식의 제안이 농담인지 진심인지 가늠해보는 듯한 표정을 지었다.

있어요? 바둑?

영식이 고개를 끄덕이고는 자리에서 일어나 안방으로 갔다. 안방 구석에 놓여 있는 바둑판에는 온갖 잡동사니가 올라앉아 있었다. 그 바둑판은 아버지가 아끼던 물건이었다. 어릴 때부터 아버지와 마주 앉아 바둑을 두었다. 도시로 나가 살기 시작한 후에도 가끔 고향 집에 들를 때마다 아버지와는 별 대화 없이 바둑 몇 판 두는 게 당연했었다. 지기도 했고 이기기도 했지만 그뿐이었다. 아버지는 과묵한 사람이었고, 영식에게 칭찬 비슷한 말은 단 한 번도 하지 않았다. 아버지에게 인정받으려고 애쓰는 대신 영식은 아버지가 자신에게 아무런 관심이나 기대를 갖지 않도록 하는 방향으로 살았다.

바둑판 위의 잡동사니를 바닥에 되는대로 내려놓고 여닫이 문갑에서 바둑돌 항아리를 꺼냈다.

항아리 두 개를 바둑판 위에 얹어 거실로 들고 나
가자 쑤언이 얼른 와서 받더니 오, 무겁네요, 하고
깜짝 놀랐다.

비자나무, 하고 영식이 말했다. 바둑판 중에서
는 비자나무 바둑판이 최고급이야.

실은 영식도 잘 몰랐다. 그저 오래전 아버지한
테 들은 얘기였다. 쑤언이 고개를 끄덕이며 거실
창가 쪽 바닥에 바둑판을 내려놓았다. 막상 쑤언
과 바둑판 앞에 마주 앉고 나니 영식은 스스로가
조금 어이없었다. 난데없이 오목이라니. 왜 그게
생각났는지 모르겠다.

어쨌든 게임을 시작했다. 쑤언에게 흑돌을 주었
고 내리 세 판을 졌다. 쑤언이 장난스레 영식에게
흑돌을 넘겨주려고 했지만 영식은 됐다고 고집을
부렸다. 쑤언이 소리 없이 웃었다. 보일러가 돌아
바닥이 따끈했다. 어느새 순호가 다가와서 영식이
아니라 쑤언의 허벅지에 턱을 얹고 잠들었다. 고
요했다. 눈을 내리깔고 다음 수를 고민하는 쑤언
의 짙은 속눈썹. 고개를 돌리면 거실 창밖으로 눈
발이 풍성하게 흩날리고 있었다.

그때 영식의 머릿속에 '평온하다'는 단어가 떠올랐다. 아주 오랜만에 그 단어를 떠올렸다는 느낌. 아주 오래전에, 영식은 자신의 품에 안겨 잠든 아기의 정수리에 코를 대고 한껏 숨을 들이마시곤 했다. 달착지근한 젖비린내와 함께 콧속으로 딸려 들어왔던 건 아이의 체온, 그리고 평온. 그것이었다.

딸이 있다고 했지?

영식이 물었다.

네, 한 명 있어요. 벌써 열한 살 됐어요.

딸 이야기가 나오자 쑤언의 표정에 생기가 돌았다. 이따 저녁때 영상 통화를 할 거라고 했다.

이름이 뭔데?

누nụ.

누? 무슨 뜻이야?

단어가 잘 떠오르지 않는 듯 쑤언이 이마를 찡그렸다.

그, 있잖아요. 꽃 피기 전에…… 동그랗게 있는 것.

쑤언이 손가락을 동그랗게 오므리며 말했다.

꽃봉오리?

쑤언이 고개를 갸웃했다.

……꽃눈?

네, 그거!

쑤언이 외쳤다.

누. 꽃눈이에요.

*

영식은 부유하게 자란 편이었다. 한국전쟁 때 피
난을 내려온 아버지는 친척 어른과 함께 작은 얼
음 공장 하나를 인수해 사업을 시작했다. 점차 냉
장고가 흔한 것이 되고 교통이 발달하면서 얼음
수요는 폭발적으로 늘었고, 몇 차례 확장을 거듭한
공장은 한때 직원을 서른 명 넘게 쓸 정도로 호황
이었다. 영식은 그때까지 돈 걱정이란 걸 해본 적
없이 살았고 그래서 경제관념도 엉망이었다. 대학
을 졸업하고 도시에서 직장생활을 하기는 했지만,
흐물흐물하고 성실하지 못하다는 평을 들었다.

아버지는 영식이 성에 차지 않았지만 그래도 영

식이 결혼해서 가정을 꾸리면 공장을 물려줄 계획이었다. 그러기 위해서는 똑 부러지는 며느리가 필요했다. 아버지의 친구가 영식에게 아내 될 사람을 소개해주었다. 실은 두 사람이 만나기도 전에 아버지가 점찍어둔 며느릿감이었다. 그렇다는 것을 영식도 알고 있었지만, 소란을 만들기 싫어 일단은 선 자리에 나갔다. 영식은 아내의 첫인상이 썩 마음에 들지는 않았다. 그래도 두세 번은 만나보고 안 되겠다는 소리를 해야 아버지에게 먹힐 것 같았다. 막상 몇 차례 더 만나보니 괜찮았다. 아내는 야무졌고 귀여운 구석도 있었다.

영식은 그때까지 제대로 된 연애를 해본 적이 없었다. 어릴 적 소아마비를 앓아 한쪽 다리가 불편했는데, 그 때문에 여자들이 자기를 마땅찮게 여긴다고 생각했다. 영식이 아니라 집안의 돈을 보고 접근하는 게 아닐까, 의심부터 했다. 누군가에게 호감이 생겼다가도, 관계가 조금 가까워진다 싶으면 예의 그 자격지심이 발동해 지레 도망쳐버리곤 했다.

영식은 아내에게 물었다. 내 다리가 이런 데도

정말 괜찮겠냐고. 그러자 아내가 대답했다. 누구나 성치 않은 곳이 한 군데씩은 있다고. 보이거나 보이지 않을 뿐이지요, 하고. 영식은 서른한 살 되던 해에 아내와 결혼했다.

공장 근처에 신혼집을 얻고 2년 남짓 공장 일을 배웠다. 그사이 아이가 태어났다. 바다 해海, 아리따울 나娜. 이름을 해나라고 지었다. 공장을 물려받은 후에는 아내가 회계와 사무를 도맡았다. 영식은 명색이 공장장이었지만 공장 일에는 별 취미가 없었다. 일꾼들을 충분히 써도 모자람이 없었으므로 영식은 주로 살림을 하고 아이를 돌봤다. 그게 더 적성에 맞았다.

부족한 게 없던 시절. 굳이 없었던 걸 찾는다면 철이 없었지. 영식은 생각했다. 철없이 그 모든 걸 당연하게 여겼고 그런 일상이 영원히 계속되리라고 생각했다.

단지 사고였다고, 영식의 잘못이 아니라고 사람들은 말했지만 그건 사실이 아니었다. 잠시지만 아이를 혼자 두었으니까. 행복에 겨워 방심하고 또 방심했으니까. 영식의 잘못이었다. 그때부터 술에 절어 지냈다. 사죄의 말이든 위로의 말이든 입을 떼는 순간 모든 게 와르르 무너질 것 같아 침묵했다. 하지만 실은 이미 다 무너져 있었다.

친정에 가 있겠다던 아내는 돌아오지 않았다. 공장은 문을 닫았다. 취한 채로 이혼 절차를 밟았고, 공장을 팔았다. 판매 대금의 일부를 아내에게 위자료로 줬다. 영식은 그 후로도 한 달에 200만 원쯤을 아내의 계좌로 보냈다. 자동이체를 걸어두었는데 어느 날 은행에서 전화가 왔다. 상대방의 계좌가 존재하지 않는다고 했다. 아내에게 전화를 걸자 없는 번호라고 나왔다. 영식이 그 이야기를 하자 정 씨가 중얼거리듯 말했다.

그이는 결심을 했나 보네.

영식은 고개를 끄덕였다. 살기로 했구나. 살아 보기로. 그래, 잘했다, 생각하면서도 동시에 발밑이 꺼지는 것 같았다. 가장 밑바닥에 있는 줄 알았는데 밑이 없는 나락이었구나. 영식이 산송장과 다름없이 누워만 있던 시절에도 나 몰라라 하지 않은 이들이 정 씨와 최 선장이었다. 비슷한 연

배라 마을에 다시 돌아왔을 때부터 가깝게 지냈다. 다들 생업이 바쁜데도 시간을 내어 영식이 숨은 쉬고 있나 들여다봐주었다. 영식이 쓰러져 잠들 때까지 말없이 술동무를 해주기도 했다. 정신차려라, 힘내라 그런 말은 일체 안 했다. 그냥 옆에 있어주었다.

그랬던 영식이 거짓말처럼 술을 끊었을 때는 다들 놀랐다. 그렇게 긴 세월을 매일같이 마셔왔는데, 스스로 신기할 정도로 술을 입에 대고 싶다는 생각조차 들지 않았다. 돈이 부족하지는 않았지만 맑은 정신을 견디기 위해 막노동이라도 하고 싶었다. 하지만 다리가 불편한 영식에게 흔쾌히 일을 맡기는 곳은 없었다. 집 안에 틀어박혀 텔레비전이나 보며 지내던 차에 최 선장이 백구 새끼 한 마리를 데려왔다. 순하디순해서 순호라고 불렀다. 먹고 뛰고 장난치는 순호를 바라보는 것만으로도 시간이 좀 더 빨리 갔고, 뭐라도 해야지, 사람 노릇을 해야지, 하는 생각이 들었다.

그때 정 씨가 포장마차라도 해보라며 모텔 앞 땅을 내주었다. 영식의 요리 솜씨를 아는 그였다.

당연히 정 씨 와이프는 싫어했다. 모텔 앞마당에 천막이라니 흉물스러운 데다가 호프집에 올 손님이 적어진다는 거였다. 그 말도 일리는 있었다. 하지만 정 씨는 적극적으로 밀어붙였고 영식의 확답도 듣지 않은 채 제 맘대로 천막을 세워버렸다.

그렇게 영식은 자의 반 타의 반 포장마차 영업을 시작했다. 아무도 없는 천막 안에 멍하니 앉아 있을 때가 많았지만, 집을 나섰다가 돌아오는 것만으로도 조금씩 나아졌다. 낮과 밤을 차차 다시 구분할 수 있게 되었고, 계절 감각이 돌아왔다. 정수리 위로 햇볕이 쏟아질 때, 소금기 가득한 바람이 피부에 감길 때 다시 몸을 느꼈다.

처음 한동안은 적자였지만 수입이 생기기 시작하자 영식은 다만 얼마라도 봉투에 넣어 정 씨 몰래 주미 엄마에게 주었다. 그 후로는 영식에게 쌩하게 대하긴 해도 다른 말을 하지는 않았다. 정 씨가 그렇게 급작스레 세상을 떠난 후에, 영식은 주미 엄마가 가게를 접으라면 접을 생각이었다. 머지않아 얘기가 나오겠구나 싶던 즈음에, 호프집에서 난동이 있었다.

주미 엄마는 성깔도 한 성깔 하는 데다 덩치도 좋아 웬만한 진상 손님들은 본인이 다 처리했다. 하지만 술 취한 남자가 부엌에서 칼을 꺼내 와 무작정 휘두르는 데는 당해낼 수 없었다. 주미가 얼굴이 하얗게 질려서 달려왔다. 경찰이 오고 있다고는 했지만 영식은 시간이 없다고 판단했다. 영식은 커다란 스테인리스 쟁반을 들고 호프집으로 가능한 한 빨리 달려갔다. 쟁반으로 칼을 막으면서 온몸으로 남자를 밀어 쓰러트렸다. 그리고 얼른 칼부터 뺏었다. 주미 엄마가 주방 구석에 몸을 웅크리고 울고 있었다.

그 일이 있은 후로 대접이 아주 달라졌다. 뭐라도 맛있는 게 생기면 한 접시 가져다주기도 했고 가끔 마주칠 때마다 교회에 나오라고 해서 귀찮을 정도였다. 착한 일 해서 천국 가는 게 아니고 예수님을 영접해야 한다는 것이었다. 나 혼자 천국 가서 뭐 한답니까, 그렇게 되묻고 싶었지만 하지 않았다. 주미 엄마가 영식이 천국에 가든 지옥에 가든 상관하지 않았던 때가 조금 더 나았다고 영식은 생각했다.

*

    소파에서 깜빡 잠이 든 모양이었다. 눈을 떠 보
니 집 안이 어두웠고 창밖의 눈은 기세가 꺾여 있
었다. 방 안에서 쑤언이 베트남어로 말하는 소리
가 들렸다. 가족들과 통화 중이구나. 한국어로 말
할 때와는 목소리 자체가 달라지는 느낌이어서 신
기했다. 쑤언은 소리 내서 웃는 편이 아니었는데
아흑흑, 하고 독특하게 웃는 소리도 들렸다. 그 소
리에 영식은 자기도 모르게 미소를 지었다.

    저녁 여섯 시가 넘어가고 있었다. 라면이라도
끓일까 싶어 쑤언의 방문을 두드렸다.

    쑤언, 라면 오케이?

    네, 좋아요, 하는 대답과 함께 문이 빼꼼 열리더
니, 쑤언이 영식에게 다짜고짜 휴대폰 화면을 들
이밀었다. 화면 안에 예쁘장하게 생긴 여자아이가
눈을 동그랗게 뜨고 영식을 보고 있었다.

    누예요.

    쑤언이 말했다. 아이가 안녕하세요, 하고 한국

어로 인사했다. 당황한 영식은 아이를 향해 재빨리 손을 흔들고는 냅다 도망쳤다. 뒤에서 한바탕 웃음소리가 들렸다.

좋다, 좋구나, 생각하며 영식은 가스레인지 위에 냄비를 올리고 물을 끓이기 시작했다. 라면 봉지를 뜯고 있자니 문득 하와이에서 왔다는 그 아가씨가 생각났다. 어떤 요리를 해서 주든지 세상에 태어나 처음 맛본다는 듯이 눈을 반짝거리던. 오늘은 저녁밥을 어디서 해결하려나. 하룻저녁 나타나지 않으면 괜히 섭섭했다.

그리고 주미의 얼굴이 떠올랐다. 주미는 지금쯤 카운터에 앉아 졸고 있겠지. 틈만 나면 주미한테 이곳을 떠나라고, 세상 구경 좀 하라고 잔소리를 했지만 진심이 아니었다. 그 애가 없다면 손쓸 수 없이 쓸쓸해져버릴 거라고 영식은 생각했다.

그날, 영식이 술에 취한 채로 테트라포드 위에 앉아 있을 때 누군가 뒤에서 '아저씨, 아저씨' 하고 큰 소리로 불렀다. 돌아보니 주미였다. 일고여덟 살쯤 되었을 것이다. 주미가 영식에게 어서 이쪽으로 나오라고 손짓했다. 영식이 멍하니 반응이 없자, 그 어린 게 영식을 직접 끌고 가기라도 할 셈인지 테트라포드 위로 넘어오려고 자세를 낮추는 거였다. 정신이 번쩍 났다. 안 돼! 오지 마! 영식이 외쳤다.

영식이 비틀거리며 방파제 위로 올라서는 순간, 주미가 영식에게 달려와 덥석 안겼다. 조그맣고 따뜻한 몸이. 그때 영식은 주미에게 안긴 채 아이처럼 엉엉 울었다. 주미는 잊었을지도 모르지만, 영식은 잊지 않았다. 영식이 술을 끊은 건 그때부터였다.

쑤언은 냉장고에서 김치통을 꺼내 뚜껑을 열고 있었다. 그 모습이 너무나 자연스러워서 영식은 속으로 웃었다. 순호가 나가겠다고 현관문을 긁어대서, 마당에서 눈을 파헤치며 조금 뛰어놀게 하고 다시 묶어놓았다고 쑤언이 말했다.

몸이 젖어서 추울까봐 저기 소파 위에 있던 담요 넣어줬어요.

영식의 표정을 살피는 기색으로 쑤언이 말했다.

잘했네. 진작에 넣어줄걸.

영식의 말에 쑤언의 얼굴이 밝아졌다.

거기, 파김치도 좀 꺼내봐.

영식의 말에 쑤언이 맞다, 파김치, 하면서 파김치 통을 꺼냈다. 쑤언이 좋아한다고 해서 며칠 전에 새로 담근 것이었다. 마주 앉아 후루룩 라면을 먹다 말고 갑자기 영식이 쑤언, 하고 불렀다.

네?

그럼 쑤언은 무슨 뜻이야?

영식이 물었다.

봄, 하고 쑤언이 대답했다.

봄이라는 뜻이에요.

봄과 꽃눈이라. 문득 영식은 얼른 봄이 왔으면 좋겠다고, 꽃이 피는 것을 딱 한 번만 더 보고 싶다고 생각했다.

5부

누에게

누에게.

이곳은 요 며칠 무척 추웠다. 그저께는 영하 20도까지 떨어졌고, 기온이 조금 오른 지금은 폭설이 내리고 있어. '폭설'이라는 단어를 아니? 눈이 엄청나게 쏟아진다는 뜻이란다.

눈이란 걸 본 적조차 없다고? 아냐, 기억은 안 나겠지만 너도 눈을 본 적 있어. 네가 갓 한 살이 지났을 무렵 너는 아빠의 고향 마을에 갔었어. 베트남에서 가장 북쪽이지. 할머니가 돌아가셨을 때란다.

남쪽에서 태어난 네 엄마도 너처럼 눈을 본 게

처음이었대. 그날 너를 안고 엄마랑 마당에 나란히 서서 눈을 맞아보았다. 이제 와 생각해보니 지금 이곳에 내리고 있는 눈발과는 비교가 안 될 정도로 가냘픈 눈송이였구나. 하지만 그 작은 얼음가루가 너의 얼굴에 닿을 때마다 너는 그 감각이 낯설고 신기한 듯 얼굴을 찡긋거렸지. 사실 우리는 눈보다 그런 너에게 더 정신이 팔렸었단다.

참 이상하지. 이렇게나 추운데도 펑펑 내리는 눈을 보면 그날의 기억이 떠오르고, 거짓말처럼 마음이 따뜻해져.

*

이틀 동안 내린 눈이 무릎 언저리까지 쌓였다. 배에 가까이 다가가기 위한 길을 만드는 데만 오전을 다 썼다. 눈이 쏟아질 때는 오히려 날이 푹하더니 새벽부터 또 바람이 매서웠다. 지금 눈을 치우지 않으면 그대로 얼어버려 더 힘들어질 거라는 걸 쑤언을 포함해 모두가 알았다. 다들 몇 시간 동안 말없이 삽질만 했다. 해양 경찰 대여섯 명이 출동해 함께 눈을 치웠다. 펌프로 해수를 끌어 올려 눈을 녹였다. 그게 제일 효과가 좋았다.

지난 폭설 때는 마수드도 함께였다. 삽질은 고됐지만, 마수드는 어린아이처럼 약간 상기되어 있었다고 쑤언은 기억했다. 이렇게 많은 눈을 보는 게 처음이라고 했다. 지난겨울에는 말이야, 하면서 쑤언은 마수드에게 거드름을 피우듯 말했다. 눈이 여기 내 가슴 높이로 쌓였었다고, 이 정도는 아무것도 아니라고. 그러자 곁에 있던 최 선장이 어이없다는 듯 웃었다.

저거저거, 순진한 애한테 거짓말 치네. 마수드, 다 거짓말이야. 그때는 허벅지만큼도 안 왔어. 10년 전이 진짜였지. 100년 만의 대폭설이라고들 그랬다니까.

그때는 눈이 자신의 키보다 더 높이 쌓였었다고, 쑤언에 이어 최 선장까지 허풍을 떨었다. 믿기 어렵다는 표정을 짓던 마수드. 그 표정을 보고 최 선장도 쑤언도 웃음을 터뜨렸었지.

별달리 애쓰지 않고도 곁에 있는 사람의 마음을

환하게 만드는 사람. 마수드는 그런 사람이었다고 쑤언은 뒤늦게 평가했다. 함께한 시간은 겨우 서너 달 남짓이었고, 쑤언은 마수드와 가까워지려는 노력을 일부러 하진 않았다. 곧 헤어질 사람들끼리 우정을 나눠보았자 나중에 마음이 더 어렵기만 하다는 것을 쑤언은 알고 있었다. 그런데도 그 잠깐 사이에 정이 들었다. 곁을 주지 않는데도 성큼성큼 경계 안으로 걸어 들어오는 사람. 근데 그게 싫지 않고 쟤는 어쩜 저럴까, 싶은 사람. 그게 마수드였다.

쑤언으로서는 쉬는 날이면 하염없이 쉬기만 해도 모자란데, 친구와 서울에 놀러 간다고 아침 일찍 숙소를 나서던 마수드. 시장에서 브랜드 청바지를 싸게 샀다며 신나 하던 마수드는 월급도 잔뜩 떼이고 온 주제에 이것저것 쇼핑하기를 좋아했다. 때로는 철이 없다고 느껴지기도 했고, 몇 살밖에 차이가 나지 않는데도 젊어서 좋구나, 절로 그런 생각이 들기도 했다. 밤에 불 끄고 누우면 곯아떨어지기 바쁜 쑤언을 향해 재잘재잘 떠들기도 잘하고, 소주 한잔 걸치면 어머니와 동생들이 생각난다며 울기도 잘 울었다.

쑤언은 한국에 온 뒤로 한 번도 울어본 적이 없었다. 정확히 이름 붙일 수 없는 감정의 소용돌이가 휘몰아치는 순간들이 있었지만, 그건 물이 아니라 불에 가까웠다. 속이 훅 뜨거워지고 까맣게 타들어 가는 느낌. 그런 건 밖으로 흘러나오지 않았다. 쑤언은 잘 우는 마수드가 조금 부럽기도 했었다.

여기에 오기 전까지 마수드는 내륙에서 일했다. 플라스틱 가공공장이었고, 공장장과는 호형호제하며 지냈다고 한다. 바쁠 때는 좋아하는 형을 도와준다는 마음으로 야근 수당도 받지 않고 늦게까지 일했다. 그런데 어느 때부터인가 월급이 들어오지 않았다. 조금만 기다려달라는 공장장의 말에 마수드는 기꺼이 기다렸지만 반년이 지나도록 마찬가지였다. 마침내 마수드가 따지고 들자 공장장은 주먹을 휘둘렀고, 마수드는 멍든 얼굴로 외국인 노동자를 지원하는 단체를 찾아가 도움을 청했다.

소송까지 갔다. 참으로 여러 사람이 애써주었지만, 공장장이 재산이 없다며 막무가내로 버티는데는 별반 도리가 없었다. 그렇게 싸우느라 시간은 흐르고, 일할 수 있는 기간은 끝나가는데 모아둔 돈은 턱없이 모자랐다. 마수드는 결국 고용 허가 기간이 끝났음에도 귀국하지 않고 일용직을 전전하며 버티다가 여기까지 오게 된 것이다. 어촌에는 늘 일손이 부족했기에 고용주들은 미등록 노동자라도 웬만하면 쓰고 싶어 했다.

일을 찬찬히 하느라 속도가 느린 쑤언과 달리 마수드는 큰 힘을 들이지 않고 일을 재빨리 했다. 그게 장점이라면 장점이지만 또 그래서 최 선장한테 잔소리도 많이 들었다. 특히 그물을 배에 고정할 때나 내릴 때는 서두르면 다칠 수도 있어 더 혼이 났다. 그럴 때마다 마수드는 자신이 아버지를 닮아 성격이 급하다고 변명하곤 했다. 그래도 생선을 그물에서 떼어내거나 해산물을 분류하는 작업을 할 때는 그런 재빠름이 꽤 쓸 만했다.

마수드는 방글라데시의 수도 다카 출신이었다. 방글라데시는 상위 1퍼센트가 나라 부의 99퍼센트를 가졌다고 해도 과언이 아니라고 마수드는 말했다. 대문을 걸어 잠그고 경비병을 세워둔 부자한 명이 있다면 그 집 앞 거리에는 아흔아홉 명의 부랑자들이 있을 거라고. 그럼에도 불구하고 한국 사람들의 편견과는 달리, 자신은 고국에서 중산층에 속한다는 걸 마수드는 강조하곤 했다. 자기 같은 중산층은 마치 샌드위치 사이에 얇게 바른 잼처럼 존재한다고, 덧붙이기도 했다.

마수드의 부모님은 시내에서 과일 가게를 했는데, 규모는 크지 않았지만 수입이 괜찮았다. 부자들은 값비싼 수입 과일도 겁 없이 사 먹으니까. 하지만 마수드가 열다섯 살 되던 해, 반정부시위에 나섰던 아버지가 경찰과의 충돌로 목숨을 잃었다. 그때부터 마수드는 홀로된 어머니를 도와 가게를 운영했다. 하지만 꼼꼼하지 못한 성격 탓인지, 장사에 재능이 없는 것인지 벌이가 예전같지 않았다.

어머니는 장남인 마수드가 공부를 열심히 해서 큰 인물이 되기를 바랐지만, 마수드는 공부에는 취미가 없었다. 그보다는 노래하고 춤추는 걸 좋

아했다. '방글라데시 아이돌'이라는 오디션 프로
그램에도 나갔다. K-POP 음악에 맞춰 노래하고
춤도 췄다. 예선에서 떨어졌지만, 텔레비전에 출
연해보았다는 것은 마수드에게 큰 자랑이었다. 공
부는 둘째 남동생이 잘했다. 여동생이 하나 더 있
었지만 그 애도 마수드처럼 공부 머리가 없었다.
둘째를 전적으로 밀어주기로 어머니와 합의했다.

그런데 대학에 입학한 둘째가 얼마 지나지 않아
미국 유학의 꿈을 드러냈다. 가고 싶다면 보내주
고 싶었지만 과일 가게 수입으로 유학 비용을 마
련하는 일은 요원하게 느껴졌다. 다른 직업을 가
져보려 해도 별다른 기술이 없었을뿐더러, 청년
실업률이 극으로 치닫고 있을 때였다. 그래서 한
국에 오게 된 것이다. 한국 문화를 좋아했으므로
한번 살아보고 싶은 마음도 있었다.

고향 마을을 떠날 때 쑤언도 비슷한 마음이었
다. 수도로 가서 번듯한 사무실에서 일하고 싶었
고, 세련되게 차려입고 고층 건물 사이를 활보하
고 싶었다. 그게 아니라면 적어도 식당이나 호텔

같은 데서 일하며 월급을 받고 싶었다. 하지만 쑤언이 할 줄 아는 건 농사일밖에 없었다. 이런저런 건설 현장에서 일용직으로 일하던 쑤언은 도시의 물가를 견디지 못하고 바깥으로, 더 바깥으로 밀려나다가 어느 신축 항만 공사장에 도착했다. 쑤언은 20대를 온전히 그곳에서 보냈다. 자주 가던 식당에서 서빙 일을 하던 아내를 만나 결혼도 했다.

가정을 이룬 두 사람은 이번에는 아래로, 더 아래로 이동하다가, 어느 강변 마을에 정착했다. 모아둔 돈으로 작은 집을 얻었고, 두 사람이 겨우 올라탈 수 있는 조그만 배도 한 척 샀다. 다른 마을 사람들처럼 강으로 나가 민물새우를 잡았다. 넉넉하지는 않았지만 충분했다. 곧 누가 태어났고, 더 바랄 게 없었다.

하지만 아이가 조금씩 자라날수록, 순간순간 영특함을 드러낼수록 쑤언은 조금씩 불안해졌다. 지금 행복한 누는 앞으로도 계속 행복할까? 이 삶에 만족할까? 쑤언은 비장하게 고향 마을을 떠나던 열아홉 살 자신의 모습이 자꾸만 머릿속에 떠올랐다. 그래서 한국행을 택한 것이다. 다섯 살 누의 장래 희망은 공주님이었고, 아홉 살 누는 선생님이 되고 싶어 했다. 쑤언은 항상 너는 그게 무엇이든지 원할 수 있고, 또한 원하면 이룰 수 있다고—공주님만 빼고— 누에게 이야기했다. 그리고 그 애를 든든하게 뒷받침해줄 거라고 다짐했다. 누의 삶이 꽃처럼 활짝 피어나기를 바랐으니까.

경쟁이 덜하다는 소문이 있어 어업 쪽을 택했다. 강과 바다는 매우 다르지만 그래도 쑤언은 배 타는 게 익숙했고 그물질도 낯설지 않았다. 하지만 마수드는 한국에 와서 바다를 처음 보았다. 배 타는 것 역시 처음이었다. 마수드에게는 처음인 것이 참 많았는데. 사소한 것까지 좀 더 친절하게 가르쳐줄 수도 있었을 텐데. 쑤언은 화환 하나 없는 썰렁한 빈소를 지키며 무용한 후회를 되풀이했다.

무슬림인 마수드의 시신은 화장하지 않은 채 비행기로 고국으로 돌아갔다. 그의 가족들은 출국할 형편이 못 된다고 했다. 헤어 무스를 발라 정성껏 머리카락을 빗어 넘긴 마수드가 사진 속에서 환하게 웃고 있었다. 그건 쑤언이 찍은 사진이었다.

마수드가 이곳에 오고 나서 함께 맞은 첫 휴일. 한껏 늦잠을 자고 일어나 컵라면을 끓여 먹고, 둘이서 휘적휘적 동네 공원까지 걸어갔었다. 공원의 나무들이 곱게 물들어 있어 단풍 구경을 간 것이었다. 날이 선선하고 좋았다. 커다란 은행나무 몸통에 기대어 포즈를 취하던 마수드. 쑤언의 휴대폰으로 사진을 찍었는데 전송해준다는 것을 잊어버렸다. 마수드는 쑤언에게 종종 SNS에 올릴 사진을 찍어달라고 부탁했다. 그렇게 찍고서 전해주지 않은 사진들이 꽤 여러 장 있었다. 그것들을 지워버리기도, 간직하기도 쑤언은 모두 버거웠다.

*

종일 눈을 치우느라 고생한 것이 무색하게 이튿날부터 날이 제법 풀렸다. 미처 치우지 못했던 눈도 반나절 만에 다 녹았다. 조업을 끝내고 돌아오는 길에, 최 선장이 쑤언에게 함께 오징어를 잡으러 가자고 했다. 이상고온 현상 때문에 근 몇 년간 씨가 말랐던 오징어가 먼바다로 잔뜩 몰려왔다는 것이다. 최 선장의 배는 크지 않아서 근해에서 정치망 조업만 주로 했다. 이번에 양 선장네가 참으로 오랜만에 먼바다까지 오징어를 잡으러 나갈 예정인데 선원이 모자란다고 했다. 울릉도 근처까지 나가는 2박 3일 일정이었다. 쑤언은 그러겠다고 했다. 최 선장이 자기 배를 두고 다른 일을 가면 쑤언도 꼼짝없이 쉬어야 하니까.

지난해 늦가을에 양미리가 호황이었을 때도 한 차례 남의 배를 탔다. 그때는 네팔에서 온 니마와 함께였지. 쑤언보다 한 살 많던, 셋째가 태어나면서 큰맘 먹고 한국에 왔던 니마. 니마는 아침잠이 많아서 새벽 조업을 힘들어했다. 니마의 고용 기간이 끝났을 때 최 선장은 재고용을 제안했지만, 니마는 고개를 절레절레 저으며 거절했다. 한국에 다시는 오고 싶지 않다고 했다.

재고용을 위해 잠시 출국했던 것을 제외하고 쑤언이 이곳에서 일한 지도 6년이 넘어가고 있었다. 최 선장의 아내는 쑤언이 자기 아들이나 마찬가지라는 둥 얼굴을 마주할 때는 살갑게 굴었지만, 그건 그저 말뿐이라는 걸 쑤언은 알고 있었다. 그녀는 한 번도 쑤언과 한 상에서 밥을 먹지 않았다. 그 정도는 아무것도 아니었다. 쉬이 상상할 수조차 없는 별의별 이야기를 자주 전해 들었다. 당연한 게 당연하지 않았다. 마수드가 세상을 떠났을 때, 최 선장은 이후의 복잡한 절차를 묵묵히 진행했고 장례비와 시신 인도 비용까지 전부 부담했다. 화재로 소실된 쑤언의 여권과 외국인등록증을 재발급받는 일도 도와주었다. 월급을 제때 지급했고 기숙사비를 받지 않았다. 비닐하우스 같은 곳에 살면서 시내 원룸보다 비싼 기숙사비를 내는 노동자들이 부지기수였다. 법이 고용주들에게 월세 받을 권리를 보장하고 있었다. 최 선장은 고용주로서 당연히 해야 할 일들을 하고, 쑤언을 고용인답게 대했을 뿐인데도 모두가 쑤언을 부러워했다. 처음부터 최 선장 같은 사람을 만나다니, 운이 좋았다고.

운이 좋았지. 쑤언도 그렇게 생각해왔다. 입 밖

으로는 차마 그 말을 꺼내놓은 적이 없지만, 속으로는 늘 그렇게 생각했다. 성실 근로자로 최 선장에게 다시 고용되어 출국하기 며칠 전, 친구 쩐을 만났다. 쩐은 몇 년 전 쑤언처럼 한국에 다녀왔고, 다시 고용한다던 고용주의 약속만 믿고 기다렸지만 아무 소식이 없었다. 그날 쩐은 쑤언에게 말했다. 너는 굉장히 운이 좋네. 그건 칭찬이 아니라 비난처럼 들렸다.

운이 좋았다. 천만 동 가까이 쓰면서 쑤언과 함께 한국어를 공부했던 이들 중 두 사람이 한국인 고용주에게 선택받지 못했을 때. 사기꾼 브로커에게 전 재산에 가까운 돈을 주고 자리를 만들었던 한 남자가 돈은 돈대로 떼이고 공항에서 곧바로 귀국해야 했을 때. 경기도에 있는 가구공장에서 일하던 출국 동기 흐엉이 허리를 다쳐 꼼짝없이 누워 있다는 소식을 들었을 때. 그리고 함께 숙소를 쓰던 마수드가 세상을 떠났을 때.

쑤언에게 운이 좋다는 건 그런 뜻이었다. 내가 아니라 너인 것. 불행의 화살이 내가 아닌 네게 날아가 꽂힌 것. 능력도, 성실함도, 나이도 아무 상관 없었다. 왜 내가 아니라 너인가. 쑤언은 궁금했다. 신만이 그 답을 알 거라고 생각한 적도 잠시 있었다. 그전까지 쑤언은 신이란 건 없다고 생각했지만, 기도하는 마수드를 가만히 지켜보자면 내 믿음 따위와 별개로 신은 있을지도 몰라, 그런 생각이 들기도 했다.

마수드는 소주도 홀짝홀짝 잘 마시고 내기 화투치는 것도 좋아했지만 그러면서도 기도 시간만큼은 철저히 지켰는데, 흔들리는 배 위에서조차 아주 잠시라도 어딘가를 향해 엎드려 절을 하곤 했다. 무슬림의 기도에 관해 쑤언은 아는 바가 없었지만, 기도라면 그냥 그런 게 기도 아닐까 생각했다. 염원과 축복을 담아 누군가에게 말을 건네는 것. 그 역시 시도 때도 없이 속으로 딸 누에게 이야기하는 버릇이 있었으므로 마수드를 조금은 이해할 수 있을 것 같기도 했다.

그런데 그 많은 기도는 다 어디로 갔는가. 누구에게 갔는가. 이제 와 쑤언은 생각을 고쳐 먹었다. 신은 없다. 신이 있다면 그는 오직 우연의 신일 것이다.

왜 내가 아니라 너인가.

우연의 신은 그런 질문이 우습다고 생각한다.

*

배는 오징어가 모여 있는 해역을 향해 꼬박 여덟 시간을 나아갔다. 쑤언을 포함해 스무 명가량의 선원들은 선실에 모로 누워 이동하는 내내 잠을 잤다. 저녁 일곱 시쯤 조업을 시작해, 잠시 참을 먹고 쉬었을 뿐 열두 시간을 꼬박 일했다. 선장이 자리를 잘 잡았는지 조획기를 돌리는 족족 오징어들이 딸려 올라왔다. 채낚기는 초보인 쑤언조차 두 시간 만에 200마리가량을 잡았다. 잡은 만큼 수입이 될 예정이라 힘들어도 힘들지 않았다. 모두 표정이 밝았다.

아침이 되자 오징어들도 잠을 자러 갔는지 더는 입질이 없었다. 크기에 따라 잡힌 오징어를 분류하고 어획량을 계수했다. 어린 오징어들을 바다로 돌려보내고, 죽은 오징어는 얼음통에 던져 넣었다. 쑤언과 다른 외국인 선원 두 사람을 제외하고는 모두 60대 이상으로, 다들 바다에서 뼈가 굵은 사람들이었다. 베테랑 선원 하나는 하룻밤 사이 거의 천 마리 가까이 잡았다.

하지만 이튿날엔 정반대였다. 밤새 포인트를 두 군데나 옮겼지만 별 조과가 없었다. 양 선장은 어제 잡은 오징어들이나마 싱싱하게 데려가는 게 낫다고 판단했는지 조기 철수를 결정했다. 갑판을 대강 정리한 선원들은 크게 아쉬운 기색 없이 잠을 청하러 다시 선실로 내려갔다. 쑤언은 피곤하기는 했으나 이상하리 만큼 머리가 맑았다. 눕는다고 해도 금방 잠이 들 것 같지 않았다. 갑판 끝에서서 담배를 두 대 연속으로 피웠다. 하늘이 서서히 밝아지고 있었다. 어스레한 수평선 위로 아침 해가 이마를 빼꼼 내밀고 있었다.

그때였다.

저 멀리 바다 한가운데 새카만 섬 같은 것이 스윽 떠올랐다. 쑤언은 눈을 의심했다. 손가락으로 그쪽을 가리키며 어, 어, 했지만 갑판에는 아무도 없었다. 섬으로부터 기다란 물줄기가 하늘을 향해 솟구치더니, 곧 섬 전체가 새벽 윤슬 밑으로 조용히 가라앉았다. 쑤언은 가슴이 두근거렸다. 소리쳐서 모두를 깨우고 싶었지만, 동시에 그 장면을 목격한 것이 자신뿐이라는 사실이 비밀히 기뻤다.

누, 아빠가 방금 고래를 봤어. 쑤언은 속으로 누에게 말했다.

항구에 다다를 무렵 잠에서 깬 선원들이 하나둘 부스스한 얼굴로 갑판 위로 올라오기 시작했다. 스리랑카 사람인 막내 와지르가 버너에다 믹스 커피 마실 물을 끓이고 있었다. 최 선장이 부은 눈을 하고 쑤언에게 다가와 물었다.

하나도 안 잔 거야?

쑤언은 고개를 끄덕였다. 그러고는 잠시 망설이다가, 누가 들을세라 작은 목소리로 말했다.

선장님, 나 고래 본 것 같아요.

하지만 최 선장은 그래? 하고 대수롭지 않게 대꾸했다.

그래서 오징어가 없었나?

최 선장이 하품하며 말했다. 그의 말에 따르면 고래는 집어등을 켜서 애써 모아놓은 오징어를 흩뜨려놓는 불청객에 불과했다.

하지만 내가 본 고래는 보통 고래가 아니었어요. 정말로 큰 고래였어요.

쑤언은 그렇게 말하고 싶었지만 그만두었다.

*

누에게.

새벽에 고래를 보았다. 커다란 섬 하나가 떠올랐다가 사라진 것 같았어. 꿈을 꾼 건지도 모르겠네. 만약 꿈이 아니라면, 아빠가 본 건 아마도 고래 등의 일부겠지. 근데 있지, 그 고래는 정말 정말 큰 고래였단다. 그냥 알 수 있었어. 거대하고 묵직한 존재감이 느껴졌으니까. 바다를 전부 꽉 채우고도 남을 것 같았어. 분명 저 멀리 있는데, 동시에 내 발밑까지 모두 고래인 것 같았다고 해야 할까. 설명하기가 쉽지 않네.

순간 아빠는 신이 있다면 저런 모습이지 않을까 생각했다. 그리고 깨달았지. 예전에 딱 한 번 똑같은 생각을 했던 적이 있다고. 갓 태어난, 세상 못생긴 네 얼굴을 처음 봤을 때 말이야.

쑤언은 화들짝 놀라며 잠에서 깼다. 창밖이 환해서, 알람도 못 듣고 최 선장 전화도 못 받은 채로 이틀을 꼬박 잔 건 아닌지 순간 가슴이 철렁했던 것이다. 이틀 동안 쉬기로 했던 것을 기억해낸 쑤언은 안도했다.

시계를 보니 오후 두 시가 지나 있었다. 방에서 나오자 부엌 식탁에 뭔가가 차려져 있었다. 식탁으로 다가가 접시 위에 거꾸로 놓여 있던 밥공기를 들어 올리자 반숙한 계란 프라이가 있었다. 가지런히 놓인 수저 옆에 조그만 귤이 두 개 있었는데, 그중 하나가 마치 문진처럼 찢긴 신문지 조각하나를 누르고 있었다. 거기에는 날아가는 듯한 글씨체로 '국 데펴먹어'라고 쓰여 있었다.

쑤언은 가스레인지로 다가가 냄비 뚜껑을 열어보았다. 소고기를 넣고 끓인 뭇국이었다. 가스불을 올리고, 전기밥솥에서 따끈한 밥을 퍼내 밥공기에 담았다. 다른 반찬은 다 관두고 냉장고에서 파김치만 꺼냈다. 국이 채 끓기도 전에 따끈한 쌀밥 한 숟가락에 파김치 한 점을 얹어 허겁지겁 먹었다. 고국에 돌아가면 다른 건 몰라도 이것만은 아쉬울 것 같았다.

식사를 마친 쑤언은 설거지를 하고, 건조대에서 마른 세탁물을 걷어 차곡차곡 개켰다. 겉옷을 챙겨입고 밖으로 나서려는데 식탁 위에 그대로 놓여 있는 귤이 눈에 띄었다. 귤 하나를 주머니에 넣고, 하나를 까서 절반을 입에 넣었다. 아주 달고 시원했다. 마수드는 귤을 참 좋아했는데. 과일 가게를 해서 과일이라면 아쉬울 것 없이 먹었다면서도, 겨울이 시작될 무렵부터 시장에서 조생귤을 상자째로 사다 놓고 손가락이 노래지도록 까먹었다. 방글라데시 귤보다 이곳의 귤이 좀 더 새콤한데, 제 입맛엔 이게 더 맞노라고 했었다.

현관문을 나선 쑤언은 순호 앞에 나머지 절반의 귤을 내밀었다. 순호는 그게 무엇인지, 경계도 탐색도 하지 않고 덥석 물더니 씹지도 않은 채 꿀꺽 삼켰다. 쑤언은 어이가 없어서 웃었다. 이 믿음은 대체 어디에서 오는 것인지. 이 녀석처럼 누군가를, 무언가를 한 점 의심도 없이 믿을 수 있다면, 파도 타듯 위태롭게 흔들릴 뿐인 이 생에서 아주 잠시라도 닻을 내린 기분일 거야. 그렇게 생각하는 쑤언의 머릿속에 떠오른 것은 영식의 얼굴이었다. 쑤언은 영식에게 고래 이야기를 하고 싶었다. 고래를 봤다고. 세상에서 가장 큰 고래를 봤다고.

쑤언은 주머니 속의 귤을 만지작거리며 걸었다. 뺨에 와 닿는 바람에 봄이 섞여 있었다. 시간이 허락한다면 공기 중에서 봄의 입자를 하나하나 찾아낼 수도 있을 것만 같다고, 그런 생각을 하며 걸었다. 담벼락 위로 삐죽 튀어나와 있는 산수유나무 가지에 섣부른 꽃눈이 곧 터져 나올 듯 통통한 것을 보았다. 그대로 등대까지 걸어가, 어제보다 좀 더 너그러워진 바닷바람을 온몸으로 느꼈다.

문득 생각난 듯, 쑤언은 주머니에서 귤을 꺼내 계단참 위에 올려놓았다. 그리고 고래를 닮은 신을 향해 기도했다. 떠난 이들에게는 깊은 안식을. 남은 이들에게는 폭설을 견딜힘을 주시길.

쑤언은 포장마차를 향해 걷기 시작했다. 저기,

깨금발을 하고 수조를 뒤적거리고 있는 영식이 보였다. 쑤언의 걸음이 빨라지고 있었다.

환해지는 마음

윤성희

1

문진영의 이번 소설을 읽다 나는 문진영이 고개를 가로저으며 잘 모르겠다고 말하던 순간들을 자주 떠올렸다. 장소는 강의실. 그러니 우리는 망친 소설에 대해, 망한 소설에 대해, 이런저런 이야기를 나누고 있었을 것이다. 어떻게 하면 덜 망하고 덜 망칠까 고민하며 수다를 떨다 보면 이야기는 샛길로 빠지고 그러다 보면 소설도 점점 길을 잃고 헤매게 되었다. 문진영의 소설이 그랬다는 게 아니라(그 소설은 그 자리 단단하게 있었다) 문진영의 소설을 읽어가는 내가 그랬다는 말이다. 나는 내 이야기가 핀트를 벗어난다는 것을 알았지만 그래도 계속 말을 했다. 문진영은 눈을 동그랗게 뜨고 고개를 자주 끄덕이며 예의 바르게 경청을 해주는 사람이라서, 나는 내가 올바른 방향으로 말을 하고 있다는 착각을 종종 하곤 했다. 그러다 어느 순간, 내가 확신에 차서 어떤 말을 할 때, 문진영은 아주 천천히 고개를 가로저을 때가 있었다. 그 고갯짓은 나를 향한다기보다는 자기 자신을 향하는 것처럼 느껴졌는데, 그래서인지 공기를 부드럽게 만드는 힘이 있었다. 문진영은 그렇게 고개를 가로저은 뒤 중얼거리듯 잘 모르겠다고, 잘할 수 있을지 모르겠다고, 그렇게 말하곤 했다. 함부로 해보겠다고, 할 수 있을 것 같다고 말하지 않았다. 그리고 다음 수업 시간이 되면 내 마음을 흔드는 문장들이 가득한 소설을 가지고 왔다. 나는 문진영이 고개를 저으며 잘 모르겠다고 말하던 순간이 꽤 좋았다. 그 질문은 늘 나에게로 돌아왔고, 그래서 나도 수업을 마치고 집으로 돌아가는 길에 잘 모르겠다고 중얼거리곤 했다.

2

이 글을 다 읽고 나는 '딩 났어'라는 말을 자주 중얼거렸다. 공사 중인 건물을 보고도, 길에 버려진 운동화 한 짝을 보고도, 비오는 날 우산을 쓰지 않고 걸어가는 아이를 보고도, 목련꽃이 떨어진 나무를 보고도 딩 났어, 하고 말해보았다. 그러면 알 수 없는 상처들이, 내 것도 아닌 상처들이, 이상하게 내 것처럼 밀려왔다. 딩Ding은 서핑보드가 뭔가에 부딪혀 상처가 난 것을 가리키는 용어이면서, 재인의 애인인 P가 만든 서핑 동아리 이름이기도 하다. 서핑을 하면 딩 나는 건 당연하니까, 그건 내가 오늘 파도에 뛰어들었다는 증거이니까 동아리 이름을 그렇게 지었다는 P는 바닷가 어느 모텔에서 생을 마감한다. 딩, 하고 발음해보면 어디선가 종소리가 들리는 듯하다. 딩― 그 소리는 메아리처럼 여러 겹으로 계속 퍼져나간다. 산책을 하며 눈에 보이는 풍경마다 딩 났어, 하고 중얼거리다 보니 나는 이 소설이 딩에 대한 소설이지만 딩에 대해 말하는 소설이 아니라는 것을 알게 되었다. 상처를 말하는 소설도 아니고 상처를 낸 무언가를 찾아 헤매는 소설도 아니다. 그저 딩, 하고 가만히 말해보고 그 울림을 적어나가는 소설이다. 그러니 이 소설의 아름다움은 그 울림을 느낄 때 알 수 있지 않을까?

3

지원의 딩

인문서를 내는 출판사에서 편집자로 일하는 지원은 고요하게 고여 있는 삶을 흩뜨리는 일은 무엇이건 하고 싶지 않은 사람이다. 그런 그의 고요하게 고여 있는 삶에 틈을 내는 일이 생긴다. 아버지가 돌아가신 뒤 고향에 남아 있는 집을 처분하는 일. 장례식 이후 다시 고향을 향하는 지원에게 이런 풍경이 펼쳐진다.

"눈이 왔었는지 창문이 더러웠다. 차창 밖 풍경도 덩달아 더러웠다. 더럽다, 고 생각하자마자 그것은 '더럽다'라는 검은 글자로 변했다. 지원의 머릿속에서는 늘 그런 일이 일어났다. 차창 밖의 황량한 풍경은 '겨울'이라는 모양의 글자로 단단해졌고, 라디오에서 흘러나오는 노래 가사는 마치 타자기를 두드리는 것처럼 빠르게 활자로 고정되었다. 지원은 아주 조용하거나 아주 시끄러운 것만을 견딜 수 있었다. 하나로 뭉개져서 개별의 소리를 구별해낼 수 없을 때는 오히려 머릿속이 평화로웠다." (22쪽)

나는 이 지점에서 지원이 좋아졌다. 나는 책을 읽을 때면 인물이 사랑스러워지는 찰나를 찾는다. 그걸 작은 돌멩이라고 생각하고 그 돌을 호수에 던진다. 그리고 그 돌이 호수에 일으키는 물결을 본다.

고향에 도착한 지원은 아버지의 집으로 가지 않고 계속 걷는다. 그러다 바닷가의 어느 카페에 들어간다. 그곳은 "커다란 야자수 그림이 그려진 파란색 서핑보드 하나가 구석에 세워져 있었고, 홀라춤을 출 때 목에 거는 것 같은 화환이 벽 여기 저기에 걸려 있"는 곳으로, "한쪽에서는 벽난로가 타고 있어서 마치 여름과 겨울이 한곳에 모여 있는"(28쪽) 것 같은 기분을 느끼게 한다. 여름과 겨울이 한곳에 모여 있는 공간에서 지원은 체온이 남아 있는 의자에 앉는다. 그렇게 지원은 타인의 체온을 건네받는다. 카페에서 따뜻한 차를 한 잔 마신 지원은 다시 길을 걷고 어느 포장마차를 본다. "천막을 지탱하는 기둥마다 크리스마스 전구가 감겨 있"(37쪽)는 포장마차. 그걸 보는 순간 지원은 친구인 주미와 포장마차에서 마주보고 앉아 소주를 마시는 장면을 잠시 떠올린다. 그 상상을 하자 전구가 반짝반짝 빛나고 난로에서는 온기가 뿜어져 나온다. 그 생각은 차가운 바닷바람이 불어오자 금방 사라지고 지원은 다시 길을 걷다 빨간 등대에 다다른다. 그곳에서 지원은 느닷없이 마음이 환해지는데, 등대 층계참에 놓여 있는 작은 귤 하나가 보였기 때문이다. 지원은 그 귤을 집어 든다. 귤은 차갑다.

나는 이 흐름이 무척이나 아름답게 느껴진다. 더러운 차창 밖 풍경을 보고 → 그 마음 때문인지 집에 바로 가지 못하고 겨울바다를 거닐다 추위를 느끼고 → 따뜻한 차를 마시러 들어간 카페에서 누군가의 온기가 남아 있는 의자에 앉게 되고 → 따뜻해진 마음으로 다시 길을 걷다 보니 크리스마스 전구가 빛나는 포장마차가 눈에 들어오고 → 그걸 보니 온기가 뿜어져 나오는 난로 옆에서 친구와 소주를 마시는 장면을 상상하게 되고 → 그 상상은 이내 차가운 겨울바람으로 사라진다.

차가움이 온기로 옮겨지고 온기가 다시 차가움으로 식어가는 것을 반복하다 마침내 지원의 마음이 도달한 곳은 어디인가? 환해지는 세상이다. 이 장면을 이렇게 쓸 수도 있었을 것이다. 지원이 다시 등대 쪽으로 길을 걷고 거기서 귤 하나를 발견하는 장면으로. 그 귤을 집어 들며 차갑다, 라고 말해주는 것만으로 처리할 수도 있었을 것이다. 하지만 작가는 그 장면 앞에 "지원은 느닷없이 마음이 환해졌다."(38쪽)는 문장을 먼저 써주었다. 이 문장이 없었다면 지원의 산책은 차가움과 온기의 반복으로 그쳤을 것이다. 그건 이야기의 나열이다. 하지만 마음이 환해진다고 쓰는 순간 이야기가 파문을 일으키고 울림을 만들어낸다. 그리고 그 환해지는 마음 덕분에 자연스럽게 주미를 불러오게 된다.

주미의 딩

"언젠가 어머니가 세상을 떠나면, 모텔과 호프집을 전부 다 정리하고 아주 긴 여행을 떠날 거라고. 어머니 홀로 다 감당하게 두고 지금 당장 떠날 수는 없었다. 하지만 떠나고 싶은 마음은 점점 커져서 일상을 잡아먹었다. 팔다리가 사슬로 묶여 있는 느낌. 주미는 점점 자신이 원하는 게 여행인지, 어머니가 세상을 떠나는 것인지 헷갈리기 시작했다. 그렇다는 걸 깨닫자 죄책감이 들었다." (55쪽)

주미는 이런 사람이다. 떠나고 싶지만 떠나지 못하고 미워하고 싶지만 미워하지 못하는. 고향에 남아 모텔 카운터에서 청춘을 보내지만 떠나는 대

신 모텔 이름을 호텔로 바꾸는 것 정도밖에 할 수
없는 사람.

주미는 자신이 원하는 게 여행이 아니라 떠나
는 사람이 되는 것임을 깨닫지만 떠나지는 못한
다. 누군가 떠나면 남겨지는 사람이 있는 법이고,
그건 언제나 주미의 몫이기 때문이다. 그래서 주
미는 누군가가 떠날 때마다 감정을 소모했고 결국
마음이 닳아 없어졌다. 그런 주미에게 지원이 메
시지를 보냈을 때, 폭죽처럼 터지는 기쁨을 느낀
다. 지원의 환한 마음이 주미의 마음에 폭죽을 터
트린 것이다. 그래서 둘은 (지원이 상상했던 것처
럼) 크리스마스 전구가 깜빡이는 포장차마에서
술을 마신다. 지원의 집 전등을 켜주는 것도, 보일
러의 전원을 켜는 것도 주미이다. 주미는 지원과
같이 잠을 자고 아침에 따뜻한 북엇국도 끓여준
다. 온기를 넣어주는 존재가 되면서 주미는 남겨
진 사람이 아니라 그냥 여기 있는 사람이 되고 싶
다는 생각을 한다. "누군가 나 왔어, 하고 돌아왔을
때 거기 있는 사람. 아무 때나 연락해도 늘 있는 사
람. 그런 사람은 세상에 드물고, 주미는 그런 사람

이 되고 싶어졌다."(72쪽) 그런 마음이 드는 순간 주미는 401호의 재인에게 손을 흔들어 인사를 한다. 지원의 환한 마음이 주미의 마음에 어떤 물결을 일으켰고 그래서 주미는 재인에게 다정한 아침 인사를 건넬 수 있게 된 것이다.

재인의 딩

P가 스스로 목숨을 끊은 이후 수많은 '왜'들이 재인을 꽁꽁 묶어 꼼짝 못 하게 했다. 그래서 재인은 P가 자살을 한 곳으로 온다. 그곳에서 재인은 쓰면서 동시에 단맛이 나는 멍게와 소주를 마신다. 그리고 홍합국을 마시면서 뜨거운 물줄기 아래 한참을 서 있어도 완전히 사라지지 않던 냉기가 한순간 몸에서 빠져나가는 느낌을 받는다. 어느 날 재인은 포장마차 주인인 영식과 그의 룸메이트인 쑤언과 같이 밥을 먹고, 그들에게서 퍽 다정한 침묵을 느끼고, 펑펑 쏟아지는 눈을 같이 본다.

"재인은 가슴을 펴고 숨을 한껏 들이마셨다. 차

갑고 신선한 공기가 습격하듯 밀려 들어오자 여
기 콧구멍이 있구나, 폐가 있구나 느껴졌다. 얼굴
에 커다란 눈송이가 닿을 때마다 불가해한 기쁨
이 돋아났다." (104쪽)

재인의 상처가 치유되지는 않았지만, 그래도 그
마음에 불가해한 기쁨이 돋아났다. 그 불가해한
기쁨을 느꼈기 때문에, 재인은 포장마차에서 퇴근
을 하는 영식과 쑤언의 모습을 보고는 '웃음'을 터
뜨리기도 한다. 그 웃음은 아마도 한국에서 처음
터뜨리는 웃음일 것이다.

영식과 쑤언의 딩

한때 영식은 폐인처럼 살았다. 사고로 아이를
잃은 뒤였다. 그렇게 술에 취한 상태로 세상을 살
던 영식이 술은 끊은 건 주미 때문이었다. 주미는
기억하지 못할지라도. 주미가 일고여덟 살 무렵.
"영식이 비틀거리며 방파제 위로 올라서는 순간,
주미가 영식에게 달려와 덥석 안겼다. 조그맣고
따뜻한 몸이. 그때 영식은 주미에게 안긴 채 아이

처럼 엉엉 울었다."(129쪽) 그 이후로 영식은 새 사람이 되었다. 주미가 기억하지 못하는 그 포옹이 영식을 따뜻하고 다정한 밥상을 차리는 사람으로 만들어주었다. 쑤언에게. 그리고 재인에게. 그리고 영식은 깨닫는다. 주미가 없다면 손쓸 수 없이 쓸쓸해져버릴 거라고. 어린 주미가 영식을 포옹해주었던 그 순간, 주미는 이미 남겨진 사람이 아니라 거기 있는 사람이 된 것이다.

쑤언은 한국에 온 뒤로 한 번도 울어본 적이 없다. 그는 고향에 두고 온 딸 누의 삶이 꽃처럼 활짝 피어나기만을 바란다. 딸이 무엇이든 원할 수 있고, 무엇이든 이룰 수 있는 세상. 그 세상을 만들기 위해 쑤언은 울지 않는다. 그런 쑤언은 어느 날 조업 중에 고래를 본다.

"섬으로부터 기다란 물줄기가 하늘을 향해 솟구치더니, 곧 섬 전체가 새벽 윤슬 밑으로 조용히 가라앉았다. 쑤언은 가슴이 두근거렸다. 소리 쳐서 모두를 깨우고 싶었지만, 동시에 그 장면을 목격한 것이 자신뿐이라는 사실이 비밀히 기뻤다."
(147-148쪽)

바다 전체를 채우고도 남을 거대하고 묵직한 존재. 쑤언은 신이 있다면 자신이 본 그 고래의 모습이 아닐까 생각한다. 이런 생각을 해본다. 이 소설의 끝이 여기라고. 그래도 소설은 완결성을 갖출 것이다. 또한, 고래라는 상징으로 쑤언과 지원과 재인을 연결할 수도 있었을 것이다. 하지만 작가가 여기서 소설을 끝냈다면 나는 다섯 명의 이야기를 나열처럼 느껴졌을 것이다. 이 소설은 울림의 소설이니 쑤언에게는 다음과 같은 이야기가 더 필요하다. 고래를 목격한 다음 날 쑤언은 아침 식탁에서 귤 두 개를 발견한다. 영식이 차려준 아침 밥상이다. 귤 하나는 "마치 문진처럼 찢긴 신문지 조각 하나를 누르고 있었다. 거기에는 날아가는 듯한 글씨체로 '국 데펴먹어'라고 쓰여 있었다."(150쪽) 쑤언은 그 귤 하나를 까서 반을 먹고 나머지 반을 개에게 준다. 그 개를 보면서 쑤언은 생각한다. "이 녀석처럼 누군가를, 무언가를 한 점

의심도 없이 믿을 수 있다면, 파도 타듯 위태롭게 흔들릴 뿐인 이 생에서 아주 잠시라도 닻을 내린 기분일 거야."(151-152쪽) 그 마음으로 쑤언은 길을 걷는다. 그러자 어제보다 더 너그러워진 바닷바람이 느껴진다. 너그러워진 바닷바람은 쑤언의 마음을 부드럽게 녹이고, 그래서. 쑤언은 문득 생각난 듯, "주머니에서 귤을 꺼내 계단참 위에 올려놓았다. 그리고 고래를 닮은 신을 향해 기도했다. 떠난 이들에게는 깊은 안식을. 남은 이들에게는 폭설을 견딜힘을 주시길".(152쪽)

그리고 지원은 그 귤을 집어 든다. 환해진 마음으로.

4

이 소설의 인물들은 서로 온기를 주고받는다. 쑤언의 귤이 지원에게 환한 마음을 선물해주고, 지원의 환한 마음은 주미에게 폭죽처럼 터지는 기쁨을 선물해준 것처럼. 그리하여 주미는 남아 있는 사람이 아니라 여기 있는 사람이 되고자 하고, 주미가 여기 있는 사람이 되고자 하는 마음은 영식의 마음으로 옮겨 가고, 그래서 영식은 재인과 쑤언에게 따뜻한 밥을 차려준다. 그래서 재인은 불가해한 기쁨을 느끼게 되고, 쑤언은 너그러워진 바닷바람을 느낀다. 이 흐름이 소설 전체에 부드럽게 녹아 있다. 호수에 귤 하나를 던지고 그걸 바라보는 기쁨. 혹은 호수에 어린 주미의 포옹을 던지고 그 포옹이 만들어내는 물결을 느끼는 기쁨. 그게 이 소설을 읽는 행복이다.

오래전 문진영이 고개를 가로저으며 잘 모르겠다고 말했을 때, 그때부터 이미 문진영은 함부로 말하지 않는 게 작가에게 가장 중요한 태도라는 것을 알고 있었다. 그래서 고개를 가로저을 때도, 고개를 끄덕일 때도, 문진영은 항상 신중했다. 조용한 고갯짓. 잘 알 것만도 같다가도 잘 모르겠고, 잘 모를 것만도 같다가도 잘 알겠는, 그런 삶. 그것이 어쩌면 이 소설 속 다섯 명이 삶을 바라보는 태도일지도 모르겠다는 생각을 해본다.

작가의 말

　100년 만의 동해안 대폭설이 있었던 그해 겨울
을 강릉에서 홀로 보냈다. 눈은 참으로 촘촘하고
집요하게, 거침없이 쏟아졌다. 풍경에서 모든 윤
곽선이 사라지고, 날짜 감각이 아득해졌다. 마치
내가 다른 우주, 다른 시공간에 놓인 듯한 느낌.

　그 폭설의 기억을 데리고 이후로도 동해안에 자
주 갔다. 한번은 고성부터 속초까지, 한번은 동해
부터 강릉까지 걸었다. 그 사이의 구간은 점을 찍
듯 여러 번 다녀왔다. 그 모든 여정에서 받은 인상
들을 켜켜이 포개자 K마을이 모습을 드러냈다. 그

리고 나는 그 마을을 조금 다른 시간 속에 데려다 놓고 싶었다. 선형이 아닌, 폭설을 중심으로 모호하게 순환하는 시간을 상상했다.

인물들을 떠올릴 땐 눈송이를 생각했다. 저마다의 결정으로 찬란한, 고유하고 고독한 각각의 눈송이들. 그러나 결국 그들은 지상에서 만나 서로 몸을 기댈 것이다. 이 소설을 쓰면서, 얼굴도 이름도 모르지만 나와 이어진 존재들을 마음으로 발견하면서 살고 싶다고 생각했다. 오늘 내가 분명히 건네받은 이 온기는, 누군가로부터 누군가를 통해 기어이 내게 도착한 것이라고.

그렇다는 사실을 알지도 못한 채 서로가 서로를 조금씩 구원하는 이야기를 쓰고 싶었다. 단번에 일어나는 구원은 신의 일이겠지만, 인간들은 서로를 시도 때도 없이, 볼품없이 구해줄 수 있다고 나는 믿고 있다.

2023년 봄, 문진영

딩

지은이 문진영
펴낸이 김영정

초판 1쇄 펴낸날 2023년 4월 25일
초판 4쇄 펴낸날 2024년 4월 16일

펴낸곳 (주)현대문학
등록번호 제1-452호
주소 06532 서울시 서초구 신반포로 321(잠원동, 미래엔)
전화 02-2017-0280
팩스 02-516-5433
홈페이지 www.hdmh.co.kr

ISBN 979-11-6790-197-2 04810
      978-89-7275-889-1 (세트)

* 책값은 뒤표지에 있습니다.

현대문학 핀 시리즈 소설선 ————

001 편혜영 죽은 자로 하여금
002 박형서 당신의 노후
003 김경욱 거울 보는 남자
004 윤성희 첫 문장
005 이기호 목양면 방화 사건 전말기—욥기 43장
006 정이현 알지 못하는 모든 신들에게
007 정용준 유령
008 김금희 나의 사랑, 매기
009 김성중 이슬라
010 손보미 우연의 신
011 백수린 친애하고, 친애하는
012 최은미 어제는 봄
013 김인숙 벚꽃의 우주
014 이혜경 기억의 습지
015 임철우 돌담에 속삭이는
016 최 윤 파랑대문
017 이승우 캉탕
018 하성란 크리스마스캐럴
019 임 현 당신과 다른 나
020 정지돈 야간 경비원의 일기
021 박민정 서독 이모
022 최정화 메모리 익스체인지
023 김엄지 폭죽무덤
024 김혜진 불과 나의 자서전
025 이영도 시하와 칸타의 장—마트 이야기
026 듀 나 아르카디아에도 나는 있었다
027 조 현 나, 이페머러의 수호자
028 백민석 플라스틱맨
029 김희선 죽음이 너희를 갈라놓을 때까지
030 최제훈 단지 살인마
031 정소현 가해자들
032 서유미 우리가 잃어버린 것
033 최진영 내가 되는 꿈
034 구병모 바늘과 가죽의 시詩
035 김미월 일주일의 세계
036 윤고은 도서관 런웨이